君子之交

忆李光耀先生——

兼谈新加坡的双语教育

〔新加坡〕周清海 著

中国出版集团
中译出版社

图书在版编目(CIP)数据

君子之交：忆李光耀先生 / （新）周清海著. -- 北京：中译出版社，2022.1

ISBN 978-7-5001-6820-1

Ⅰ.①君… Ⅱ.①周… Ⅲ.①李光耀（1923–2015）—生平事迹 Ⅳ.①K833.397=5

中国版本图书馆CIP数据核字（2021）第259476号

出版发行/中译出版社
地　　址/北京市西城区新街口外大街28号普天德胜科技园主楼4层
电　　话/（010）68005858，68358224（编辑部）
传　　真/（010）68357870
邮　　编/100044
电子邮箱/book@ctph. com. cn
网　　址/http: //www. ctph. com. cn

责任编辑/范　伟　张若琳
封面设计/黄　浩
排　　版/北京竹页文化传媒有限公司
印　　刷/中煤（北京）印务有限公司
经　　销/新华书店

规　　格/787mm×1092mm　1/32
印　　张/6.75
字　　数/110千字
版　　次/2022年1月第一版
印　　次/2022年1月第一次

ISBN 978-7-5001-6820-1　定价：49. 00元

前 言

（一）

2011年，我的回忆录《人生记忆——一个华文教学者的回忆》出版了。书里，除了记录我平凡的一生之外，也包括了“李光耀资政二三事”一章，回忆了一些我和李光耀资政相处的事情。许多朋友看了，对我说这是非常有价值的一章，建议我写得详细一些，而且应该单独出版。

我和李光耀资政相处了近四十年。这期间，我们之间来往的传真和电邮，不计其数。这里头有相互问候的；有他把演讲稿传真或电邮给我，要我提意见的；有他对媒体的谈话，要知道我读后感想的；有他的《回忆录 1965—2000》以及其他著作的初稿，要我阅读并提出修改意见的；也有我给他有关华文和华文教学的意见书等。这些资料在我退休之后，几乎被我全部从南洋理工大学国立教育学院中文系的办公室带了回来，存放在箱子里。

我完全没有想到要怎样利用这些资料，只觉得这里头有我们像朋友一样相处的记录，因此无比珍惜。直到 2013 年年初，一位出版界的朋友对我说：你应该写一本和李光耀资政相处以及他怎样学习华文的书。他说："只有你最适合写这样的书了。"这才勾起我的写作兴趣。

于是，我开始整理电邮和存档的资料，也开始了自己重温过去的旅程。阅读资料，回忆过去，设法找回当时的真相。一幕一幕的回忆，一封一封的电邮，都流露了我们之间真诚的相处。

李光耀资政是世界上最伟大的政治家之一，是备受世界政治领袖尊敬的政治家。他塑造了多元民族和谐相处、花园城市的新加坡；他建立了任人唯贤、清廉高效的制度；他在短短的四十几年内，使新加坡从第三世界跃升成为第一世界的国家。他的地位，远远在我之上，但我和他相处时，却没有任何心理压力。他让我在轻松而且毫无压力的状态下，和他说话，和他讨论问题，和他一起学习华文。我们对问题的看法可能不同，尤其是对华文和华文教学的问题，但彼此尊重。我对他，也完全无所求。这就是君子之间的相处。

李资政一有机会，就会向我表达他对我的感谢。2010 年 11 月 28 日，在李资政的答谢晚宴上，我和内人受邀与他合照，他在送我的照片上签了字，注明日期，并写上"感谢你无数小时的华语课"。

2011 年 9 月，他的新著《新加坡赖以生存的硬道理》出版，

答谢晚宴的合影

书上的题字——
中文、英文

他的签名本上说:“对你无数小时教我华文表示深深的感激。”

同年 11 月，他的《我一生的挑战——新加坡双语之路》出版，他再一次写道:“对你从 1975 年开始教我华文表示感激。”

我的文笔拙劣，不能完全表现我和资政之间的温馨相处，只能是真实的、朴素的记录。我还是本着《人生记忆——一个华文教学者的回忆》里所说的精神，写下关于资政的点点滴滴。在《人生记忆——一个华文教学者的回忆》里，我说:

> 我将以平常心，真实地记下我所看到的李光耀资政。这三十几年来的相处，让我从作为人的感觉上了解资政。我看着他从总理到资政，看着他从年轻到年老，看着他处理紧要的事情，理智上的抉择和感情上的不舍，看着他对年轻人越来越仁慈。
>
> 这三十多年来，他是有变化的，但也有始终不变的。那始终不变的是他的真诚，是他对新加坡深深的爱。[1]

（二）

三十多年前，就有朋友建议我每次见了李资政（当时是总理）

1　周清海:《人生记忆——一个华文教学者的回忆》，世界科技出版社，2011 年版。

之后，都写下日记，以备遗忘。但是，我没有写日记的习惯，当时也没有想日后要写些什么书，只是一心一意地想帮他学好华文，也就没有这样做。

我专心诚意地帮助资政，从来就没有想利用他和我的关系，以自我宣传、自我夸耀，获取私利。这就是我尽量避免公开提及我帮助资政学习华文的原因。资政的新闻秘书几次对我说，这三十几年来，你从不提自己是资政的华文教师，为什么只教了几年的年轻人却处处以此自我标榜？

三四年前，刚退休不久的教育部提学司（director-general of Education）黄庆新先生在总统府开完会之后，特别把我叫到走廊上，告诉我说，政府的高层人士对他说："周教授是个可尊敬的君子。"资政为我的回忆录《人生记忆——一个华文教学者的回忆》写的序言也说："若以古典文学的文字来形容他，他堪称一位君子。"这些赞语，希望对年轻的新加坡人能有些启示。

现在这本书，我就根据手上的资料和自己的记忆来写了。手上的资料有些是英文的，我自己将它翻译成中文。我尽量做到译得接近原文的意思。我的写作，也尽力做到真实。

我和资政的许多来往信件，以前是通过传真的，后来有了电邮，也就快速和方便多了。这些现存的传真信件或者电邮，我都尽可能注上日期，其他没注上日期的，大部分是我们之间的谈话，我凭记忆写下来的。

和资政一起学习华文将近四十年，有太多值得记录和回忆的事。这些事情，反映的是资政少为人知、另外的一面。我怀着温馨的回忆，尽我的可能，将这些相处的片段呈现给读者，希望让更多的新加坡国人，以及外国的友人，知道资政，了解资政，也能和我一样永远地缅怀资政。

（三）

我大约是在1975年和资政第一次见面的。他当时是总理。他交给我的任务是用华语和他交谈，纠正他说华语的错误，以保持并提高他的华文程度。当时，他对我说："学语文如逆水行舟，不进则退。"这句话，就这样铭刻在我心里。我一辈子从事华语教育，培训了数以千计的华语教师，但从语文学习的态度观察，资政学习语文之认真，是我从没见过的。

上课的时候，我总要他先念课文，然后我再念。这样可以知道哪些词语是他熟悉的，哪些词语他不太了解、说得不流利，或者哪些词语他发音有困难。他和我念课文、做语文练习的声音，都录在录音机里，以便课后他运动的时候，或者从家里到总统府办公室的路上，可以随时再听。用来录音的是一部老式的盒式录音机。三十多年来，用的就是这一部。上课的时候，我们就像是老朋友，一面念课文，做语文练习，一面聊天，谈各种话题。 他从来没有摆出他是总理或者资政的架子。

和资政相处，我完全没有压力。他的秘书忙着处理文件的时候，资政会亲自打开办公室的大门，请我进去。资政忙的时候，让我在办公室外等久了，他会说“对不起，让你久等了”。

资政的外国友人送了特产，有时他也叫安保人员送一些到我的办公室来。资政不喝酒，朋友送的“蒋介石纪念酒”“2008八八坑道纪念酒”，友人送的“国酒茅台”，都成了我的收藏。我也不喝酒，这些藏酒，当我宴请中国来的朋友时，就用上了。

我手上还有一台龙砚，是用整块砚石刻成的。砚盖上面雕了一条神采飞舞的龙，非常精美。这是 1992 年中国宁夏回族自治区主席送的。资政从总理退下来时，也特别送我一组中华民族八大伟人的微雕。送给我的时候，他特别让我看，并且说如果不喜欢，他可以送别的东西。这组微雕，由安保人员送去新加坡财政部估价后，再送到我手里。这样来来回回，微雕移动摩擦，边缘有些磨损。如果我告诉资政，难免让安保人员为难，也就收了下来，没说什么。

我们相处了近四十年，成了朋友。1997 年 10 月 28 日，他在送给我的《李光耀和他的思想》一书里，这样写道：

To Prof. Chew Cheng Hai

With my friendship after the thousands of hours together speaking Mandarin.

（多年共处，你我用华语交谈，前后累计数千小时，友谊亦日益深厚。谨赠此书，聊表情谊。愿存念。——陈照明博士翻译）

2006年9月，他为我65岁生日写了贺词，最后也说：

On his 65th birthday, I wish my friend, Prof. Chew Cheng Hai, good health and happiness.

（我谨祝贺我的朋友周清海教授65岁生日健康、快乐。）

这将近40年的温馨相处，让我有机会在比较轻松的环境下，从个人的角度，长期观察李资政。作为一个平平凡凡的人，我能有机缘和他相处，是我的幸运。

李光耀这三个字，从最初的高不可攀，到亲切，到看着有无限温暖，这是李光耀在我内心的变化。我真实地记录下我所看到的李光耀资政。这些珍贵的点点滴滴，大部分都表现了他的为人，他维护新加坡的决心，以及对多元社会里的语言、语文教育等课题的深切关心和看法。

资政是伟大的领袖，他对世界格局，对中国的发展，对两岸的关系等，都有精到的分析。许多关于政治、经济、外交的决策，都不是我所能完全理解的，我们也就很少讨论，在这本书里，也就很少记载。但从做人的角度观察，资政就已经有许多值得记录下来的事情。这包括他对我的关心、鼓励，以及对我看错人的安慰，他说：“蒋经国都会看错人。”

这本书，是李资政一个平平凡凡的友人，一个纯华文教育出身的知识分子，对他的观察和真实的记录，是我和李资政交往的纪念。我用这本书表示我对他的崇敬，也是我正式地，对他把我当作朋友，向他道谢。更是我对他永远的怀念。

李资政于 2015 年 3 月 23 日过世，这是为他而写的书。

2015 年 3 月 29 日 2 点，在新加坡国立大学文化中心举行国葬礼。这是国葬礼上的照片

周清海

2019 年 2 月 1 日

目 录

一

向李光耀总理致敬

1990年11月25日，吴作栋先生接任总理之前三天，《联合早报》编写了"向李总理致敬"的专题报道。记者对我作了访谈，要我说一说我印象中的李光耀总理，并以"老师眼中的李总理"为题，发表在报上。这篇报道，是我第一次说出了李资政的一些点滴。为了阅读的流畅，我对文章的用字，只做了少量的修改。全文如下：

星期六下午，正当人潮几乎都涌向喧闹的街头，享受周末的时候，幽静的总统府里，却始终有一个人认真地在上课。这个情景已持续了好多年——相信已超过十六个年头了；而这位学习态度认真的"学生"，不是别人，正是我们的总理李光耀先生。

李总理到底在学些什么？一个日理万机的国家领袖愿抽出宝贵的时间上课，这堂课对他必定是非常重要的。

原来总理在学华文，数十年如一日地学。

“总理学习华文的态度就如他做其他的事一样，是一丝不苟的。”李总理的华文老师周清海博士说。

“记得有好几次，总理晚上要启程出国访问，但他还是坚持下午准时上课。有时候，他开了整天的会，也只不过约略休息十几分钟便上课。可以这么说，总理不会因为累或者忙而不上课，这么多年来，他从未缺课。”

周清海博士与总理的一段“师生缘”结于15年前，他当时在师资训练学院任职。

他还记得，第一次踏入设在总统府内的总理公署，与总理见面时，心情是紧张的。“听说总理是不苟言笑的，且他贵为一国领袖，与他见面当然紧张。此外，当时我还摸不清他学习华文的目的和重点，必须先测量他的语言程度，了解他的语言需要，才能为他编写教材，因此压力比较大。”

不过，随着相处的时间增长，周博士发现，在严肃的外表下，总理实际上有一颗真诚的心，而且充满人情味。

比如，他说，有时总理因开会而延迟了上课的时间，都会向他道歉不已；在郑章远事件与蒂凡那事件[1]发生后，有关家属的生活受到影响，总理总对此流露出痛惜之情。

---

1 郑章远事件见下面一章。蒂凡那，新加坡第三任总统。1985年人们发现他酗酒而且举止异常，在专家诊断后，劝他辞职。李先生曾对我说，蒂凡那夫人和新加坡全国职工总会的人替他隐瞒，反而害了他。

但尽管如此，总理是不会让感情战胜理智的，在公事上，他绝对公事公办，绝不妥协。

此外，总理对人对己都非常严格，凡事都不马虎。以他学习华文为例，周博士说，总理对所学的词语的出处、含义和用法，都要问得一清二楚，而且也非常注重发音。就因为总理这种孜孜不倦、认真严谨的态度，使十五年前“语音有水准，但说话句子不连贯，口语表达不流利，词汇量不够丰富”的毛病得以除掉。如今，他说活的“流利度没有问题，词汇量很广，句子的结构很准确”。

周博士指出，现在总理说华语已经很少犯错误，口语能力完全没有问题；而语音方面，若环顾国际上的华裔政治家，能说标准华语者，非李总理莫属。另外，总理的华文阅读能力更胜一筹，除了古典书籍外，其他华文书报都看得懂。

原来，总理将每次一至一个半小时的课都录起来，以方便复习及应付下一堂课的“测验”。“总理和我谈过，他知道学无止境，尤其语言学习更是不进则退，所以他要继续接触华文，保持华文水准。”现年四十九岁的周博士说。因此，即使总理引退后，他依旧会继续学习华文。

由于在课堂上无所不谈，周博士发现，这些年来，总理对新加坡面对的问题很有先见之明。例如：“早在15年前，他已经担忧新加坡人学不好华语，结果出现了讲华语运动。他从不担忧新加坡人学不好英语，因为英语的经济价值太高，非学不可。”

联合早报星期刊

老师眼中的李总理

周清海博士：是一位认真勤学的"学生"

星期六下午，正当人潮几乎都涌向喧闹的街头，享受周末的来临时，幽静的总统府里，却始终有一个人认真地在上课。这个情形已持续了好多年——相信已超过二十个年头了；而这位学习态度认真的"学生"，不是别人，正是我们的总理李光耀先生。

李总理到底在学些什么？即使他不象他人般在乎周末下午的时光，但一个日理万机的国家领袖愿拨出宝贵的时间上课，这堂课对他必定是很重要的。

原来，总理是在学华文，数十年如一日地学。

"总理学习华文的态度就如他做其他事一样，是一丝不苟的。"李总理的华文老师周清海博士说"记得有好几次，总理晚上要启程出国访问，但他还是坚持在下午准时上课。有时候，他开了整天的会，也只不过约略休息十几分钟便上课。可以这么说，总理不会因为累或者忙而不上课，这么多年来，他从未缺课。"

周清海博士是教育学院亚洲语言文学系华文组首席讲师兼主任。他与总理的一段"师生缘"结于15年前他在当时的新加坡师资训练学院任职时（之前总理曾向他人学华文）。

有一颗真诚的心

在教育部的推荐下，他犹记得，当他第一次踏入设在总统府的总理公署，与总理会面时，心情是紧张的。"毕竟传说中的总理是不苟言笑的，且他贵为一国领袖，与他见面当然紧张；此外，当时我还摸不清他学习华文的目标和重点，必须先测量他的语言程度、语言需要，才能为他编写教材，因此心情比较沉重。"

不过，随着相处的时间增长，周博士发现，在严肃的外表下，总理实际上有一颗真诚的心，而且充满人情味。

譬如，他说，有时总理因开会而延迟了上课时间，都会向他道歉不已；在郑章远事件与蔡凡那事件发生后，有关家属的生活受到影响，总理总对此流露出痛惜之情。

但尽管如此，总理是不会让感情胜过理智的，在公事上，他绝对公事公办，绝不妥协。

此外，总理对人对己都非常严格，凡事都不马虎。以他学华文为例，周博士说，总理对所学的词语的出处、新意和用法，都要问得一清二楚，而且也非常注重发音。就因为总理这种孜孜不倦、认真严谨的态度，使15年前"语音有水准，但说话句子不连贯、口语表达不流利、词汇量不够丰富"的毛病得以除掉，如今，他说话的"流利度没问题，词汇量很广，句子的结构很准确"。

周博士指出，总理现今讲华语已很少犯错，口语能力完全没问题；而语音方面，若环顾国际上的华裔政治家，能说标准华语者，非李总理莫属。另外，总理的华文阅读能力更胜一筹，除了古典书籍外，其他华文书报均看得懂。

仍将继续学华文

原来，总理将每次一至一小时半的课都录起来，以方便复习及应付下一堂课的"测验"。"总理和我谈过，他知道学无止境，尤其语言学习更是不进则退，所以他要继续接触华文，保持华文水准。"现年49岁的周博士说。因此，即使总理在引退后，他依旧会继续学华文。

由于在课堂上无所不谈，周博士发现，这些年来，总理对新加坡面对的问题很有先见之明。例如，"早在15年前，他已担忧新加坡人学不好华语，结果后来出现了讲华语运动。他从不担忧新加坡人学不好英语，因为英语的经济价值太高，非学不可。"他说。

周博士也认为，总理是个把"千斤重担两肩挑"的长者，对国家事无巨细都关心，可说是"先天下之忧而忧，后天下之乐而乐"。此外，他的生活俭朴，"总理的办公室是我见过的最朴素的，其他人的办公室的装饰远超过他的；他也很节省能源，办公室和会客室的灯非到天已转暗，非开不可时才开。"

周博士也透露，总理很有兴趣了解别人对他的看法，无论对方是个有影响力的人或是个报章上的小读者，不过，他凡事都很慎重而且"有话直说，不耍花枪"，待人处事全赖一个"真"字。

1990 年 11 月 25 日《联合早报》“向李总理致敬”的专题报道

周博士也认为，总理是个“把千斤重担两肩挑”的长者，对国家事无巨细地关心，可说是“先天下之忧而忧，后天下之乐而乐”。此外，他的生活俭朴，“总理的办公室是我所见过的最朴素的，其他人办公室的装饰远远超过他的；他也很节省能源，办公室和会客室的灯，非到天已转暗，非开不可时才开”。

周博士也透露，总理很有兴趣了解别人对他的看法，无论对方是个有影响力的人或者是个报章上的小读者。总理凡事都很慎重而且“有话直说，不耍花枪”，待人处事全赖一个“真”字。

二

李资政的华文教师

在我之前，担任过资政的华文教师的，据我所知，有四位。我和资政一起学习华文，也将近 40 年了，是时间最长的。我和以前的四位教师都没有自我宣传，更没有在不同的场合透露这种关系。可能我们都是在传统华文教育里成长的，对自我炫耀非常反感。

1990 年 11 月 25 日，《联合早报》“向李总理致敬”的报道，是在我协助李先生学习华文的 16 个年头之后，第一次由媒体透露我是他的华文教师。

这个报道之前，李光耀总理好几次在总统府和《联合早报》编辑部的高级人员共进晚餐，我也受邀出席。因此，在他退休之前，《联合早报》找到我，要我说一些话。

1999 年 3 月 28 日，英文《海峡时报》记者高贞对我做了一次专访，这次专访是在王鼎昌副总理（已故）担任主席的新加坡华文教学检讨委员会报告书发表之后进行的。我是检讨委员会的成员之一。在访谈中，我主要谈及新加坡的华文和华文教学以及检讨委员会报告书的一些问题。在专访发表时，高贞没有预先通知我，就在文章的开头加上了这样的说明：“很少人知道，过去24年来，周清海副教授一直是李光耀资政的华文导师。在和高贞的访谈里，这位南洋理工大学的教育学者，谈论了许多语言教育的问题。”并且解释说：“这个消息是由他的博士生、资深报人吴元华的新书《务实的决策：人民行动党与政府的华文政策研究1954—1965》里透露的。”[1]

2003年，资政80岁大寿，《联合早报》的专刊上要我说一些话。这是我自己第二次公开说是资政的华文教师。我说：

“他的学习态度是十分认真的，可以说是一丝不苟。这么多年来，他已经取得很理想的进展，在听和读方面没什么问题。资政八十岁了，但是仍旧孜孜不倦，展现了非凡的毅力和求知的精神……”

“资政很平易近人，对人很客气，完全没有架子。有时候，当他的秘书忙着工作，没空招呼在办公室外等候的我，资政就会亲自开门，让我进入他的办公室。我们认识了很多年，经常是一边

1　见本书附录九。

学习华文，一边谈论各种问题……”

2004 年，我参加了新加坡教育部的华文教学改革检讨委员会。在华文教学改革白皮书发布以后，英文《海峡时报》也对我作了专访，记者再一次加上“资政的华文教师”的字眼。[1]

这 40 多年来，除了上面说的两次（1990 年和 2003 年）之外，我都不以“资政的华文教师”来自我标榜，但媒体的报道，却总要特别提及“资政的华文教师”。

李夫人过世时，《联合早报》发表了我的《我印象中的李光耀夫人》一文，编辑也没有预先通知我，就加上“资政长期的华文教师”几个字。

可见和资政一起学习华文，在报界的朋友看来，是何等光荣的事。

2010 年是农历虎年，资政通过电邮罕见地用中文给我贺年，他说：“我现在的华语水准，是归功于你 38 年帮我的忙。祝你全家虎年大吉，虎虎生威，身体健康，万事如意。”

同年 7 月，时任中国教育部副部长郝平先生和时任国家语言文字工作委员会副主任李宇明先生等一行人亲自将《全球华语词

1　见本书附录十。

郝平、李宇明、陆俭明、中国驻新加坡大使等人在新加坡总统府的合影

典》荣誉顾问的聘书交给资政。在新加坡总统府一个半小时的会见里，资政也全用华语交谈。

资政华语的听说能力给中国来访的重要客人留下了深刻的印象。

资政的著作，都题了字送给我。他的题字，总是提及对我的感谢。在他退出内阁后给我的电邮也说“谢谢你多年来忠诚真挚的友谊”“谢谢你多年来的指导，我的华文程度足以让我看懂你的电邮，不会觉得有什么困难”。

我在“培养华文人才，协助他们成长”这方面的工作，也不时得到李资政的支持。为了协助年轻人建立人脉关系，我前后介绍了4位年轻同事给资政。他一定明白我的用心，所以都欣然接受了。这4位年轻的同事都拥有博士学位，两位是留学英国的，一位是留学美国的，最后一位是南洋理工大学的博士。

有一次，上完课，资政和我聊天，问起关于我所介绍的两个年轻人，哪一个华文比较好。我回答说“X先生的文学素养比较好，他也从事儿童文学创作，儿童诗写得很好。Y先生的说理文章写得比X先生好。”就这样，这个Y先生就在李显龙总理需要的时候，被请去交谈。

退休前，我再向李资政推荐了第四位年轻的同事。他是南洋理工大学的博士，那是2009年4月。他和李资政上课也只是最近这三四年。

他给我电邮说：“资政一如既往，积极认真，随和谦逊，和他一起学习，感受他的慈祥与积极人生，很受启发。这是我第4次和他交流学习，如果要用两个字形容李资政，那就是‘谦和’！感谢老师的提携与爱护，让我看到真正有智慧伟人的谦逊与和蔼。”

我和这位年轻同事经常有电邮来往。关于资政的华文学习，我给他的电邮说：

“和资政谈起你，对你的印象很好。资政年纪大了，教材需要注意：一、语言以标准普通话为标准，台湾地区或香港地区的材料，应尽量改写。二、生词不要太多，以复习为主。不要增加太多生词，他记不住。如‘冥寿’就是没必要学习的。”

这位年轻同事给我的电邮说：“我感觉和他相处得很好。”

我推荐年轻的同事给李资政，是希望让他们多有一些人脉关系。但当我看到这些我爱护、提拔的年轻人，有人在坐上领导的位子后，就目中无人，不尊重下属，甚至用粗野的语言或行为对待职员的时候，我就觉得心痛。每每让我想起颜渊说的“愿无伐善，无施劳”（出自《论语 · 公冶长》（意思是希望自己做到“不夸耀自己的贡献，不把辛苦的事推给别人”。）的品德。这些品德在他们身上几乎荡然无存了。

我曾对资政说：“当我看到有人利用我为他建立的人脉关系以牟私利，甚至欺压别人时，我觉得受到伤害。”他回答说：“这个世界上就有这样的人，他懂得隐藏自己，一直到他大权在握，才显露真面目。”

资政过世之后，就有年轻的同事利用和资政合拍的照片，广做商业宣传。一位友人看了，给我微信说“人做到要为自己敲锣打广告，就已经沦为街头卖艺，跑码头变戏法的过气明星”。

在“培养华文人才，协助他们成长”这方面，我恐怕是失败的。我将人脉都为这些年轻人安排了，但结局常常是我料想不到的。我为自己的推荐不当，向资政道过歉。资政能体谅我的失败，是我感激的。但这也凸显了我和年轻人的价值观存在着巨大的差距，我并不了解年轻人。哀哉！

李显龙总理在总统府接见 5 位国际学术友人。他们出席“华语论坛暨桃李聚会”，为我庆祝 65 岁生日。

这近 40 年的相处，我发现资政对年轻人越来越仁慈。我将自己的看法，对他说了，他回答说：“新加坡建国时，是生死存亡的时期，不能仁慈。”资政86岁生日的前夕，我给他发了下面的电邮：

明天是您的生日，我谨祝您快乐健康。

您仍旧和年轻时一样头脑敏捷，只是增加了仁慈。您的健康，就是新加坡人的福气。衷心地祝福您。

这三十多年来，资政是有变化的，但也有始终不变的。那不变的是他的真诚，是他对新加坡深深的爱。

三

女儿病重

1979 年，我女儿快 1 岁的时候得了重病，住院一个月。那时新加坡中央医院的设备比较简陋，父母亲夜间没办法留在医院里照顾病重的孩子。这一个月里，我就睡在车上，用闹钟叫醒自己给她换尿布——她一个晚上腹泻好几次。

女儿入院时，医生说可能痊愈的机会只有一半。她高烧持续了一个多星期，天天早上得洗冰水澡，以帮助退热。

当时病房非常拥挤，儿科医生少又非常繁忙，完全没有跟病人家属沟通。比照现在新加坡中央医院的设备与管理，和 30 年前简直别如天渊。我们在各个方面都进步了、改善了，新加坡年轻的一代，对以前的状况，大概是没办法想象的。

女儿病重期间，为了减轻我的负担，李先生的华语课也停了整整一个月。在他从总理岗位上退下来时，我接受英文报《海峡时报》的访问，特别说了这一段话：

我和家人受资政之邀乘坐摩天轮。

李资政的《回忆录 1965—2000》（1998）出版之后不久，他和夫人在总统府宴请参与翻译工作的人员。晚饭之后，一起合照。

“他并不像一般人想象的那么严酷……我女儿病重时，每个星期他都要秘书打电话来询问病情。总理工作繁忙，他竟然把这件小事都记挂在心上。”

经过这一次差点失去女儿的磨难，我对女儿的爱更深深地根植在心里。尽管现在她已经长大了，成了家，也在大学里担任副教授，但她的哭泣仍然还是那么强烈地抽动我的心。

女儿高中毕业后，想到英国留学。英国的帝国学院（Imperial College）录取了她。我把这件事告诉李先生，他劝我别让她去。他说，有些部长和亲戚的女儿，到了国外留学，不少嫁给了外国人。有些婚姻生活很不好。如果要深造，等大学毕了业，再出国。

一个星期之后，上华文课时，资政见面的第一件事，就是向我转达了李夫人的意见。李夫人的看法跟他相同。资政除了表达自己的看法之外，还记得寻求夫人的意见，并且在一个星期之后把意见转达给我。这些细微的事，让我在内心里深深地感激他。

为了让女儿了解欧洲，了解英国，我们全家到欧洲旅行。我们从法国坐地下铁，通过英吉利海峡到了英国，并且在伦敦住了一个星期，让孩子们感受一下亚洲人在欧洲的生活。我们也参观了帝国学院的校园、实验室。回来后，女儿打消了出国留学的念头，决定在新加坡读完大学再出国。

女儿大学毕业后，获南洋理工大学颁予海外奖学金，到美国约翰斯•霍普金斯大学（Johns Hopkins University）攻读博士学位，回国后，在南洋理工大学任职，也就生活得很好了。

和资政相处，我常常感受到他和他夫人的亲切、关心。李夫人也跟资政一样，平易近人。在李资政的《回忆录 1965—2000》发刊之后不久，他们夫妇请成汉通国会议员、《联合早报》总编辑林任君、我以及一批参与工作的《联合早报》记者，在总统府吃晚饭。饭后，李夫人主动带着女记者们参观刚维修完毕的总统府宴客厅。我们在楼下，还能听见李夫人给记者们介绍总统府的声音。她完全没有架子。晚餐后，资政夫妇也和我们一起拍了照片。

资政待人的谦和温馨，让我想起现在的一些年轻人。他们享受了新加坡建国的成果，很多有才干的青年俊秀，都有机会出国留学，国家都在不同程度上栽培了他们。但是，这些青年俊秀却常常让人强烈地感觉到有一股挥之不去的傲气。无论在身体动作，或者在言语上，他们所流露的，是自我夸大，是目空一切。他们缺少了温馨的人情，把自己和周围人的生活，都变得干巴巴的。这对人对己都是何等的残酷！

四

郑章远[1]事件

2000 年 9 月 13 日，李资政接受新加坡《海峡时报》的专访。《海峡时报》的记者问他在《回忆录　1965—2000》中提到前同僚郑章远和蒂凡那，下笔时觉得困难吗？有没有什么心理上的障碍？

李资政回答说：“我首先要决定的是，我要提到他们吗？我认为这是不能避免的课题。如果我不写，人们会说我有愧于心。在提到他们时，我尽量做到客观和不带感情。”

郑章远当时担任国家发展部部长，他贪污自杀的事件发生在 1986 年。事件的调查期间，我们几次上课时，都谈起这事件。资

1　1979—1986 年担任新加坡国家发展部部长。他分别在 1981 年和 1982 年各收取贿款 40 万元。在调查过程中，郑章远否认指控。他在被控上法庭前的 12 月 14 日服毒自杀。

政的主要意见，包括了下面三点：

一、他不明白，郑章远这样杰出的建筑师，怎么会贪污区区的80万元。郑章远如果自己执业，一年赚百万元，是轻而易举的事。

二、国会里的反对党要求成立调查委员会，调查这个事件。资政完全同意。但是，他担心郑章远的一切资产———包括银行的存款，都公开了之后，他的家人就没办法在新加坡继续生活下去。郑章远为自己的罪行付出了性命，却累及家人。如果在日本，付出了性命，事件也就终止了。

三、这事件对年轻的部长是很好的教育。

14年之后，李资政的《回忆录　1965—2000》是这样写郑章远事件的：

“……郑章远否认拿了钱，却企图跟贪污调查局高级助理局长讨价还价，要求他不再查下去。内阁秘书向我报告事态的发展，并告诉我郑章远要见我。我说我必须等调查结束后才能见他。一个星期后，也就是1986年12月15日早上，保安官员告诉我郑章远去世了，把一封他写的遗书交给我。他写道：

总理：

过去两个星期，我感到非常悲哀沮丧。对于发生这次的不幸事件，我应该负全部责任。作为一个堂堂正正的东方绅士，我应该为自己所犯的错误接受最严厉的惩罚。

您忠实的郑章远

我探望了郑章远的遗孀，也看了他躺在床上的遗体。他的遗孀说，他终身为政府服务，希望能保持自己的名誉，问我验尸庭能不能不进行延审。我告诉她，只有在他的医生能够发出死亡证书，证明它是自然死亡的情况下，才有可能。验尸庭……最后判定他服食了过量的安密妥钠自尽。反对党在国会中提出这件事情，要求成立调查委员会进行调查。我立刻同意了。有关调查的报道使他的妻子和女儿面临更大的痛苦，不久后他们便离开新加坡，从此不再回来。他们太没面子了。

————《回忆录　1965—2000》下册，189—190 页

李先生作为总理，做了他应当做的决定。但作为个人，他在人情上表现出了对郑章远家人的惋惜与同情。李先生对国家的大爱，对建立廉洁制度的决心，远远超乎对个人的惋惜与同情。李先生在《回忆录　1965—2000》下册中说：

开始的时候秉着高尚的情操，抱着强烈的信念和取缔贪污的决心不难。但是，除非身为领袖者够坚强，能铁面无私，坚决对付一切违法乱纪的人，否则要做到事如所愿，可没那么容易……

这段话非常精辟。李先生对建立廉洁制度的决心，贯穿了他一生，他的任何决策，都是建立在对新加坡的大爱之上。

五

李光耀的待客之道

1978 年 11 月，时任中国国务院副总理的邓小平先生访问新加坡。李先生说：“同邓小平会面是一次难忘的经历。”

新中双方的正式会谈，就在内阁会议室里。内阁会议室设在总统府内，总理办公室楼下。会议室并不宽敞，李先生却做了一些特殊的安排：

我看过人民大会堂里摆放着痰盂，所以也安排把一个蓝白色的瓷痰盂摆在邓小平的座位旁。我读过资料知道他有使用痰盂的习惯。虽然总统府里有个规定，冷气房里不准抽烟，我还是特地在显眼的地方为他摆放了个烟灰缸。这都是为中国历史上一个伟大的人物而准备的。我也确保内阁会议室里的排气风扇都开着。

李先生戒烟之后，就对香烟非常敏感。但他却特地为中国国家领导人做了细心的准备。从会谈的照片看来，邓小平先生在会谈中是抽了烟的。会谈需要集中思考，对于习惯抽烟的人，没有烟是不行的。但在宴请邓小平的晚宴上，邓先生却没抽烟。李先生写道：

晚宴时，我请他尽管抽烟，他指着夫人说，医生要她让他把烟戒掉。他正在设法少抽。整个晚上他没抽烟，也不用痰盂。他看过报道，知道我对香烟敏感。

1980 年 11 月，资政第二次访问中国，那是邓小平先生访问了新加坡的两年后。

1992 年 2 月，邓小平的讲话说："新加坡的社会秩序算是好的，他们管得严。我们应当借鉴他们的经验，而且要比他们管得更好。"

李先生问我，邓小平为什么要把新加坡作为学习的对象？我回答说，华人管理的地区或者国家，只有我们合适作为中国学习的对象。新加坡就是在这个特殊的历史机遇下，名闻中国的。除了这个特殊的机遇之外，李光耀先生的待客之道，也一定起了不小的作用。

李先生自己也说：

中国庞大经济的崛起开始于邓小平。为了中国的改革开放，他向别的国家学习。在我们预料之外，也包括小小的新加坡。

邓小平在1978年11月访问新加坡。我和他进行了三天的会谈，给他留下深刻的印象。他回国后，《人民日报》就改变了对新加坡的态度。我们再也不是“英美帝国主义的走狗”。新加坡被描述为花园城市，是给人民发展良好建屋以及旅游的模范。1980年，我和邓小平连续在北京会面三次，他对新加坡的发展保持浓厚的兴趣。[1]

李先生的待客之道，我们现在年轻的双语精英，是应该好好学习的。对这些待客之道缺乏了解，常常会让自己的处境非常尴尬。

1 见李光耀为南洋理工大学中华语言文化中心10周年纪念研讨会开幕词。（2004年6月23日）

六

关于李资政《回忆录　1965—2000》的一些事

李资政《回忆录　1965—2000》的中文版里说："除了他们，我也要感谢《联合早报》总编辑林任君，南洋理工大学语言文化中心主任周清海教授，我的新闻秘书杨云英女士，还有张清江。他们都通读了我的初稿和华文译稿，并提供意见。"（上册 739 页，下册 793 页）

我除了提出中文版的文字修改意见之外，也包括建议删除中英文版的某些章节。现在那些删除的章节，在政治上已经不那么敏感了，我因此收录在下面。同时，有些章节是我对《回忆录　1965—2000》的一些补充说明，让后人更了解事件的原委。

记者招待会上资政哭泣的原因

1965 年 8 月 9 日，新加坡脱离马来西亚，正式成为独立的国家。在新马分家的记者招待会上，资政哭泣的一幕，是新加坡人所熟悉、所感动的。但资政为什么哭了呢?《回忆录　1965—2000》说：

我深受良心谴责，感到自己辜负了马来西亚数百万人民，他们是马来西亚的华族和印度族移民、欧亚裔，甚至包括一些马来西亚人。我在他们心中点燃了希望之火；他们同新加坡人民站在一起，抗拒马来西亚霸权，而马来西亚霸权正是导致我们发生争执的根源……

资政对我说，有些人在新马分家之后，不得不移民，他辜负了马来西亚数百万人民，让他痛苦哭泣。

在2009年接受汤姆·普雷特的专访，资政再一次说：

我将放弃当时的五六百万个信任我们并加入行动的非马来西亚人，那是很艰难的决定。因为一旦离开，领导层就会消失，数字、人口均衡就会不同了，而他们（我们放弃的华人）就会受到控制。另一方面，东姑（当时的马来西亚首相）告诉我，如果你留下（和我国在一起），（国内）会发生流血冲突。他说他无法阻止它的发生，因为他已经老了……

七

关心新加坡的华文和华文教学[1]

李资政是爱护华文的

李资政是爱护华文的，他并不反对华文。他是从新加坡国家的前途看待华文和华文教学的，和一般华文教育拥护者只从华文和华族的立场看问题，大不相同。有些人认为“李光耀是新加坡中华文化和华文教育的终结者”“李光耀的历史地位，在政治上也许是褒多于贬；但在华教这一块，至少到今天为止，还是非常负面的。这恐怕会是他此生最大的遗憾”[2]。持这种观点的，都是纯

1　本章的部分内容，曾发表在《学者谈李光耀》一书里，世界科技出版公司，2015，第 225–252 页。

2　林明华《李光耀和陈六使》见马来西亚《星洲日报》副刊“云淡风轻”，2011 年 11 月 30 日。

华校出身的，和我同一个时代的人，尤其是马来西亚的华校生、南洋大学的毕业生。但我认为这样的批评，是不全面的，是不公允的，也是偏激的、夸大其词的。

新加坡的华文比我做学生的时候，更为普及了。人民行动党执政之前，有将近一半的华族学生在英校就读，他们不必修读华文，因此大部分学生是不懂华文的。人民行动党执政之后，实行了双语教育政策，才规定所有在校的华族学生，就读于华校的，必须修读英文；而就读于英校的，必须修读华文。

在双语教育政策下，年轻的新加坡人，都或多或少掌握了双语，这也造就了今天华语的普及。至于中华文化，至今仍然存留在新加坡。一个民族的文化，尤其是多元种族社会里最大族群的文化，谁也终结不了。

华文教育，如果指的是以华文为教学媒介语的教育，那么华文教育的终结是因为新加坡的华社领导者太短视了。他们热爱自己的语言文化，以致没看到新加坡以英文作为行政语言的重要性。当时，华文教育者普遍把英文当作殖民地政府的语言，在反殖民统治的大浪潮之下，谁也没有把学好英文当一回事。当时的华族家长又大部分受教育不多，他们更不了解英语作为行政语言的重要性，而华社领导者也没有调整教育，没有能力应变，导致华校培养了一批又一批永远吃亏的纯华文教育者。这些人都没掌握好英文，我就是这批纯华文教育者之一。

我深切体会到在多元种族社会里，只懂华文而被边缘化的痛苦。李先生曾对我说："如果你的英文好，成就不会是这样的。"这一批批华校生不能在新加坡多元种族的社会里竞争，家长看到了这个现实，为了儿女的前途，最终选择了英校。

在这样的大趋势之下，只有规定在学校里就读的所有华族子弟，华文是他们必修的科目，才有可能保存华文，挽救华文的命运。从这个角度观察，让华文在新加坡存留下来，恰恰是李先生决策的结果。

对于华文教育支持者的批评，李先生认为他们不懂教育，更没从新加坡建国的整体需要看待华文问题。李先生给我的电邮说：

我们是处在东南亚的多元种族社会，不可能以华语为工作语言，只能是英语。英语成为我们的工作语言之后，其他的一切便随着发生了。

为了我们的生存，不只是经济的，也是作为一个国家国民的需要，我们做了十分重要的决定，以英语为工作语言、行政语言，虽然英语不是三大种族的母语。这个决定给我们带来了利益……任何时候，一个人只能精通一种语言。他当然可以有不同程度的第二或者第三种语言。在新加坡，必须精通的语言就是英语。如果你接受这个现实。那么，母语就不可能成为新加坡人应该精通的语言。华文的程度能和中国人一样，是不现实的。马来西亚的华人，以华文为教学媒介语，在家里也用华文，华文才可能成为第一语文……我们能做的就是给大部分的华族学生奠下坚实的基础，以备将来需要时，他们能在这个基础上往前发展。

李先生上面的这些看法，都是紧紧联系着新加坡的社会现实的。如果你选择忽视这些社会现实，当然可以得出和李先生不同的结论。马来西亚就有华人认为“为了国家的繁荣而牺牲母语教育和方言，新加坡华人及其政府可谓‘灭族求荣’。更可笑的是，新加坡华人自灭族语竟然毫无歉疚感。可耻可恶可怜可笑也。”

其实，新加坡被马来西亚政府赶出来，被迫独立之后，为了发展经济，为了国内各种族的和谐相处，不得不选择英文作为行政语言，华文只能是第二语言。独立后，新加坡的发展，证明了这个决策是正确的。将这个决策说成“灭族求荣”，是何等夸大，何等浅陋。

为了推行双语教育政策，李先生把他的三个孩子，都送到华校就读。长子显龙（现在的总理）读到高中，其他两个孩子都读到中学四年级。他们的华文都非常好。李先生自己也不间断地学习了四五十年的华文。

即使在中国发展之后，华文的用途越来越广之时，资政也认为：

面对中国的不断崛起，新加坡必须在学校里提高华文程度，以照顾那些将来在中国工作或者在中国从事商业活动的学生的利益。即使中国的GDP（国内生产总值）超过美国，也不能提供我们现在所享有的生活水平，华文将始终保留第二语言的地位。

中国只占有我们GDP的20%。新加坡的繁荣是靠世界维持的——不只是美国，也包括英国、德国、法国、荷兰、澳大利亚这些国家都以英语作为商业活动的语言，而不是华语。在将来的任何时候，考虑以华语作为工作语言，都是愚蠢的。更何况即使中国，从幼儿园到大学都积极地在学习英语。”[1]

……我说过，我看不出新加坡的生存必须依赖中国经济。如果我们只是说华语，我们不会有今天的新加坡。中国即使强大十倍有什么分别？也会让我们强大十倍吗？不。我们的繁荣是靠和世界的联系。[2]

华文教学和华族文化是联系着的

新加坡的华文教学面对的另外一个难题，是少数从事华文教学和研究的人员，标新立异，他们认为华文教学应该“去文化化”，把华文教学向外语教学的方向推进。

我认为这是非常危险的，这是在制造新型的海峡华人。旧的海峡华人是以马来语为主，人数也少。如果新加坡华人的语言认

1 Lee Kuan Yew *One Man's View of the world*, Strait Times Press, 2013. p. 73.

2 Lee Kuan Yew *One Man's View of the world*, Strait Times Press, 2013. p. 792.

同转变了，所制造的将是大批以英语为主的新型的海峡华人。这样的取向，会让语言认同消失，也让民族逐渐消解。[1]

1990 年，李先生在为新加坡华文研究会举办的“世界华文教学研讨会”上的开幕致辞里，就对语言和文化问题，说了下面的话：

> 新加坡的华人，由于情感上和文化上的需要，将会而且必须继续使用自己的语言来交谈、阅读和书写。这是认清自己民族特性和自尊的基本需要。特别是在这个由英语和美国文化通过印刷品和电子媒介所支配的世界里，这种需要特别强烈……我们将能培养一批精通华文为第一语文的学生，并且确保这批人能扮演教师、翻译员、外交官和商人等重要角色，通过报章、电视等途径，把华文传授给下一代。这些人将协助保留华文，使华文在新加坡社会和文化里充满活力，成为不可缺少的一部分。[2]

李先生给我的电邮也说：“为了让新加坡人民能够生活下去，我们以英语为工作语言。我们没有其他的选择。但我们必须尽可能维持华文，以支持我们的文化，以及和说华语的世界联系……”

新加坡当然也需要一群华文能力较强的学者、教师和媒体工

1 见《从全球化的角度思考语文教学里的文化问题》，2013 年 12 月 1 日在台北举行的“2013 华语文教学与研究国际研讨会”上的特邀发言。

2 见新加坡华文研究会编《世界华文教学研讨会论文集》。

作者，但这些人是少数，李先生认为大约是3%，可能的话5%[1]。同时，他也认为“我们必须在日常生活中和在公共场合讲华语，以便全体新加坡华人都生活在讲华语的环境中。”他主要的观点是：只要华语普及了，华语就会留下来。这是他发起讲华语运动的主要原因。他不止一次强调：“我们必须确保华文存在，而且是新加坡社会的一部分。”[2]

为了新加坡人的生存，我们必须以英语为行政语言，必须以英语为教学媒介语，华语只能是第二语言。这样做，目的不是在终结华文教育，而是协助华文教育转型。年轻的新加坡人有了一定的华文程度，在需要时，就能在这个基础上发展起来。那些有华语语言天赋并且准备投身于和华文有关的事业的，我们的教育制度也提供足够的条件，让他们发展，鼓励他们发展，使华语成为他们的第一语言。

李先生每一次到中国访问，见到在那里工作的新加坡年轻人，就要问起他们，在中国工作，华文有没有问题？当他得到的答案是，只要半年到一年，华文就能赶上来。李先生就觉得欣慰。他不断地向我强调：奠下适当的华文程度是非常关键的。

但对于那些把华文或华文教育当作政治工具，以期达到政治目的的人，李先生对他们的打击，是毫不留情的。1970年新加坡

1 李光耀《李光耀资政致周清海教授贺词》，见周清海《人生记忆——一个华文教学者的回忆》。

2 1989年12月26日，新加坡华文研究会主办“世界华文教学研讨会”开幕词。

的《南洋商报》利用华族语言和文化课题挑起民众的沙文主义情绪，把李资政描绘成“数典忘祖的二毛子”，政府因此不得不逮捕了该报总经理、总编辑和高级社论委员，就是一个例子。

讲华语运动是为了给华社一些安慰，才发起的?

讲华语运动之前，新加坡华族最普及的语言是闽南话和粤语。闽南话和粤语广泛运用，留了下来，对新加坡是不利的。更何况新加坡的闽南话和粤语，是没有书面语支持的语言，和香港的粤语不同。讲华语运动就是有意创造、普及讲华语的大社会环境，以华语替代方言，并进一步支持学校里的华文教学。如果没有讲华语运动，新加坡社会上的华语不可能这样普及。普及的华语，是我们珍贵的社会资产。香港的华语，如果要像我们那么普及，需要多年的努力才可能达到。我们所不足的是，华语的文化成分，显然太低了。如果和香港粤语所带有的文化成分相比，我们需要相当时间的努力，才能办到。

李先生说:“那个报告书（指1979年的《吴庆瑞报告书》）指出，广泛应用方言是有效学习华语的障碍。讲华语运动就是这个发现的其中一个结果。”[1]

讲华语运动发起于1979年，以华文为主要教学媒介语的南洋大学和以英文为教学媒介语的新加坡大学在1980年合并，成为新加坡国立大学。因此，有人说，讲华语运动是为了给华社一些安慰，才发起的。这样的评论，就是没有看清楚这个运动的社会意义。

李先生说："新加坡有25%人口是非华人，政府不得不采用英语作为各族之间的共同语言。如果我们让方言普遍使用的情况继续存在，那么英语势必成为新加坡不同籍贯的华人之间的共同语。大家讲一种语言当然比讲两种语言方便，但是当时我们考量的重点不是方便不方便，而是怎样才能生存？怎样才能保存传统，让人民活得有尊严？”[2]

“如果我们让方言普遍使用的情况继续存在，那么英语势必成为新加坡不同籍贯的华人之间的共同语言。”这才是发起讲华语运动的真正原因。另外，他进一步说："我们的关注点是这20%社会最底层的人，要让英语成为他们的日常用语是永远做不到的事。既然他们只有掌握一种语文的能力，那么，与其让福建话成为他们的日常用语，为什么不推广华语，使华语成为包括他们在内的全体新加坡华人的通用语呢？”[3]

---

1 李光耀:《我一生的挑战——新加坡双语之路》(英文版)，第172页。

2 李光耀:《我一生的挑战——新加坡双语之路》(中文版)，第143页。

3 李光耀:《我一生的挑战——新加坡双语之路》(中文版)，第143页。

其实，1979—1980 年是新加坡教育大调整的年代。在双语教育的调整和大学教育的重组之外，语言的社会运动也在这个时候提出来。这是一个为了新加坡前途而进行的大调整。

李资政在晚年（89岁），再一次谈及华语和方言的问题，他说：

有时候，当我对某些事情有强烈的意见时，我会将意见告诉总理。例如当政府在考虑重新将方言节目在免费频道播放，有建议说："华语已经在人民中间非常普及了，我们可以回到方言，让老年人可以观赏方言连续剧。"我反对。我指出，当我是总理时，禁止方言节目，鼓励人民说华语，是付出沉重的代价的。为什么要走回头路呢？我和华族整代人对抗：他们喜爱的方言节目被删掉了。李大傻是很有名的说书人，他在丽的呼声电台的节目就停止了。我为什么要让广东话和福建话去影响下一代？如果你恢复方言节目，你将会发现一部分年老的一代开始和他们的孩子或者孙子说方言。方言一定会逐渐恢复的。

每个国家都需要一种大家都懂得的语言。将英国留给我们的四种源流的学校综合起来，就是非常艰难的事……使英语成为所有学校的教学语言，母语作为第二语言，我必须在不同的战线上作战……最后，市场价值解决了这个难题。英语跟世界接轨，吸引国际机构；母语使我们跟中国、印度和印度尼西亚联系。这是关键性的。如果人民做不同的选择，新加坡就是死气沉沉。

……情感和实际的原因，我们需要华文第二语文。我们不需要方言。将我们用了那么多时间、精力和政治代价才达到的——将方言从媒体中除去——取消，将是愚蠢的。[1]

新加坡在短短的四五十年内改变了人民的社会用语习惯，从华人之间在公共场合讲闽南话，粤语，不同种族之间讲通俗的马来西亚语，到广泛采用英语，让华语成为新加坡华人的共同语，并且建立了双语教育制度，使新加坡成为双语社会，这些都是李先生的贡献。

双语教育的推行不是一帆风顺的

双语教育的推行也不是一帆风顺的，李先生说："40 年前，新加坡推行了一个具有前瞻性，但却不讨好的双语教育政策。"他把推行双语教育制度当作他一生的挑战。有一次，李先生也向我提及一个部长的孩子，因为华文不及格，必须送到外国读大学。他说："我们不能因为一小部分人觉得华文难学而放弃双语政策。""规定华文达到一定的标准才能升大学，是要付政治代价的。"

---

1 Lee Kuan Yew *One Man's View of the world*, Strait Times Press, 2013. pp. 296-298.

20世纪八九十年代，华文的学习价值还没有显现出来，那时，李先生担心新加坡两份华文报的相互进行恶行竞争，将对华文报的生存造成威胁，因此，他将《南洋商报》和《星洲日报》合并为《联合早报》，并且和英文的《海峡时报》等组成了报业控股，让华文报工作人员的待遇和英文报一样。这样做，保证了华文报的生存。

对于华文报的语言，李先生要求语言正确，尽量向普通话靠拢，并且建议从海外聘请专门人员，专责监督《联合早报》的用语。同时，为了减轻年轻人读报的负担，吸引他们读华文报，也要求《联合早报》用词尽量浅白。

有一位知名的新加坡教育者说："单从中国香港人的华文阅读水平来说，他们比我国人民高，我们只需看中国香港中文报章的遣词用字，与本地华文报章一比，便知本地读者的水平低，如在戴安娜王妃去世后一天，《明报》的封面大标题是'戴安娜魂断夜巴黎'，多么有诗意的句子；而《联合早报》的同日标题是'戴安娜与男友撞车惨死'，是一个平淡而缺乏感情的句子。戴妃葬礼举行后的9月7日《明报》标题是'宠爱留身后，伊人遗心愿'与'哀歌悠悠，港人同伤感'等动人的字句，相比之下，《早报》则是'戴安娜长眠故乡'一个平铺直叙的标题。"

这位知名的教育者所说的都是事实。但华文没有实用价值而又要鼓励学生读报，要求报章用词浅近，是不得不行的。记得多年前，我作为校外考委，考核印度政府派到本地来学习华文的外交官，就发现他们读得懂《人民日报》，却读不懂我们的《南洋商报》和《星洲日报》。当时我们的报章保留了1949年以前的语文应用习惯，和香港报章的用词相同，阅读困难很大。就以戴安娜葬礼，《明报》的报道《宠爱留身后，伊人遗心愿》为例，什么是“伊人”？《现代汉语词典》解释说：“〈书〉那个人（多指女性）”；《现代汉语规范词典》说：“（文）那个人（多指女性）”。其实，这两部词典的释义都不完整。“伊人”出自《诗经·蒹葭》：“所谓伊人，在水一方”（整部《诗经》只有《蒹葭》用了三次“伊人”）。这首诗一般认为是情诗，“伊人”是想念的情人，因此具有“那个人”以外的其他意义。那个美丽的人、可爱的人、令人喜欢的人等等附加意义。“伊人”这个词是一个书面词语，不是一般人所能懂的。

她接着说：“华校结束以后，我国的华文程度低落，读华文的年轻学子，离开学校后，大多只会讲华文，而不会读华文报，因此本地报章也只能以最浅白的最通俗的文字去迎合他们了。”[1]说的是事实，但不是报章主动迎合，而是李先生对华文报章的要求。只有这样，才能让年轻人亲近华文报，看得懂中文报。

后来，他也要求英文报《海峡时报》，设立双语版，让英文教育者有机会接触华文。这个版位的第一任编辑，就是我的前博士生吴元华教授。现在《联合早报》出版的《我报》，也是一份语

---

1 刘蕙霞：《香港的双语教育值得我们参考》，见《刘蕙霞文集》，新加坡文艺协会，2013年，第19页。

言比较简易，内容也压缩了的双语报刊，可以免费在地铁站取得。这份报纸，也是在李先生的建议下出版的，目的是让新加坡人继续接触华文。

李先生设法保留华文，给大众提供接触华文的机会，多年来都是如此，用心良苦。

中国改革开放之前，华文完全没有经济价值。华文能在新加坡留下来，是李先生决策的贡献。所以，他反复强调："每一个新加坡人必须掌握不同程度的英语，以便在新加坡谋生，也必须掌握他们能力所及的母语。""关键是双语。工作上需要英语，保留传统文化需要母语。不容易。"

我曾在1998年说："我国的双语教育政策，不只解决了母语的政治问题，解决了我国成长时代就业不平等的社会问题，也将不同的、两极化华英校学生，拉近了距离，而且在建国过程中，为母语提供了一个平台，让母语保留了下来，更加普及化，并对我国的发展做出了贡献。虽然，我们的母语程度稍微降低了，但这样的牺牲也是无可奈何的事。李光耀资政非常关心母语教育，认为只要我们能将母语保留在适当的程度上，将来有机会发展时，就能够在这个基础上往前发展。今天我们能够面对新的挑战，就是这个政策的贡献。在评价一项政策时，必须客观，不能感情用事。"[1]

1 吴元华：《务实的决策——新加坡政府华语文政策研究》，当代世界出版社，2008年。

为了证明他的看法比我正确，李先生甚至可以等上好几年

我和李先生一起学习华语，在上完课之后，经常讨论各种问题。华文和华文教学就是经常讨论的问题之一。每次谈论，李先生都让我充分表达我的看法。

我的看法如果和他的看法不一致，他会对自己的意见加以解释。有时，我们没办法取得一致的看法，也就只能彼此各自保留自己的意见。

为了证明他的看法比我正确，李先生甚至可以等上好几年。下面的一段话是李先生在2005年说的。这段话，就是他等了四五年之后才说的。

周清海（教授）教导我华文已有30年之久，我每周与他会面一次。他下决心让他的孩子继续学习华文。我告诉他："你等着瞧，当他们达到A水准时，他们就会开始阅读英文报，而不读华文报。"我说，他们的功课太繁重，他们的课程都是英文，因此没有时间（兼顾华文）。如果他们得看报纸，英文报是那么简单，读起来快多了。最近我问他，孩子现在是否读华文报，他说他们很少读了。这是我们真正的问题。他们每天要应付生活，但他们仍然拥有华文基础，如果你把他们送到台湾、上海、广州或北京，

六个月到一年，他们就会赶上。没有了那个基础，才是真正的麻烦，真正的损失。[1]

我的华文老师周清海教授不相信，执意要孩子接受百分之百的华文教育。我说，你看着吧，他们到了高中就不会再看华文报。果真到了高中，他的孩子一个接一个都不看华文报了……人生就是这样，谁不同意我的看法，显然是人生阅历还不足。这个课题的争议只存在于那一代人，而且也止于那一代人，现在的情况怎样，大家都很明白了。[2]

这两段话，非常集中地表现了我们讨论问题时的气氛以及李先生对新加坡华文教学的基本看法。

我的三个孩子，现在都不看华文报了，他们给我电邮或者电话简讯，多数用英文，因为比较方便，他们也知道我看得懂。只有给妈妈的，才用中文，因为妈妈阅读英文不那么方便。我们给孩子的回复，或者字条都用中文。这和我们最初的构想相去甚远，我原以为他们两种语言应该能够自由转换，结果却不是，他们的英语远远比他们的华语强，完全应了李先生的预测。但孩子们的华文基础非常好，和其他华语区人士交流，完全没有问题。两个男孩，一个是学金融的，另外一个是学经济的。日常的工作

1 蔡志礼主编:《学语致用——李光耀华语学习心得》，世界科技出版公司，2005年，第57页。

2 李光耀:《我一生的挑战——新加坡双语之路》，《联合早报》2011年，第65页。

语言是英文，但到中国大陆、台湾、香港出差、开会，华语完全没有问题。大男孩阅读香港的时事评论，也能充分了解带有香港特殊书面语的用语。女儿是研究生命工程的，在中国大陆、香港或者台湾参加研讨会，只能用英文发表论文，但能直接用华语回答提问，无须任何翻译。女儿还曾经被参加研讨会的中国大学教学人士问到：你是什么时候移民新加坡的？现在，孩子们都当了父母，他们要求我们跟孙子只讲华语。

我和李先生相处，都是非常坦诚的。就是在这个坦诚的基础上，我们建立了友谊。他对我的评语是："若以古典文学的文字来形容他，他堪称一位君子。"[1] 而且说："周清海教授是华文教学的先驱。"[2]

中国经济的快速发展，李先生担忧新加坡的华族家长会要求子女学习超乎他们能力的华文，因此华文教学必须经常调整。

为了支持我所做的事，李先生还是愿意奔波

我一辈子从事华文研究与华文教学研究，一直关心下面的三

1 周清海：《人生记忆——一个华文教学者的回忆·序言》。

2 周清海：《人生记忆——一个华文教学者的回忆》，第 224 页。

1989 年 12 月 26 日，新加坡华文研究会主办“世界华文教学研讨会”，当时担任总理的李资政是开幕式的主宾。他和夫人一起出席。这是我和李资政及夫人合影的第一张照片

个问题：一、新加坡的华文研究与华文的推广；二、在双语教育制度的框架下，怎样更好地做好华文教学的工作；三、培养华文人才，协助他们成长。这三方面，我都尽了绵薄之力，也不时得到李先生充分的支持。

1989 年 12 月 26 日，新加坡华文研究会主办“世界华文教学研讨会”，我受当时担任会长的已故卢绍昌先生的委托，邀请李先生出席主持开幕仪式。这是我第一次向他提出要求。李先生一口就答应了，而且偕同夫人一起出席。

李先生当时是总理，工作非常繁忙。但在开幕的前一天黄昏，我们上完课之后，他亲自赴会场，看了会场的布置，也试了扩音系统。可见他是如何重视这个开幕式。

南洋理工大学中华语言文化中心为了庆祝成立 10 周年，于 2004 年 6 月 23 日举办学术研讨会。我邀请李先生为主宾，主持研讨会开幕仪式。李先生马上就答应，并且说，主持开幕式过后，愿意拨出一些时间，让研讨会参加者提出问题。当天，国外来的参加者，虽然有人没礼貌地提出了一些作为客人所不应该提出的问题——属于新加坡人自己的问题，李先生还是客气地给予回

中华语言文化中心国际研讨会开幕礼上主宾李光耀资政回答与会者的提问

答。提问者忘了，这是个学术研讨会，不是记者招待会。（提问者当时是香港《亚洲周刊》的特派员）

开幕当天，大学以新加坡书法家协会长陈声桂先生书写的对联，送给李先生。对联写着："声名驰四海，德泽薄烝民"。李先生过世时，新加坡人民的哀悼，就充分证实了我们对联的话。

李先生非常喜欢陈声桂的字，后来也通过我请陈声桂书写立轴"心平气和"两件。一件挂在李先生住家的饭厅墙上，另外一件挂在睡房里。

2006年9月，李先生给我写的65岁生日贺词，也不忘提及新加坡华文教学所面对的问题，以及华文人才的培养问题。《联合早报》6日的社评就以"确保华文薪火代代传承"为题说：

随着以华文为第一语文的华文教师的逐渐凋零，以及大多数最优秀的学生不愿意加入华文教师行列，本地华文教师的薪火相传问题，已经变成今后的一大隐忧。内阁资政李光耀于上周六为南洋理工大学国立教育学院中文系周清海教授65岁寿辰而写的贺词中，便对这个趋势，表达了深切的关注。

无论华文的学习趋势如何，培养更多优秀的华文教师，让本地华文教学的薪火能够继续传承，是个艰巨却又无可推却的责任。不要忘记，随着中国在全球的经济地位的不断提升，华文能力也将反映出新加坡在国际的竞争力。既然新加坡曾经有过优异的华

新加坡书法协会会长陈声桂先生书写的对联

文环境，我们不应该轻易放弃这个传统优势。

李先生的贺词，反映了他无时无刻不将新加坡的问题挂在心上。

由我倡议而于 2006 年成立的南洋理工大学孔子学院，如果没有李先生的积极支持，就没有教育部部长的支持。大学校长亲自到北京人民大会堂接受孔子学院的牌匾，大学理事会通过拨款支持孔子学院的运作，都是在李先生的支持下才实现的。孔子学院的成立仪式，李先生也应我的邀请亲自主持。我之所以争取李先生的支持，是因为“我要让孔子学院能处在一个被重视的地位”。

陆俭明教授发言

我发起编纂的《全球华语词典》定在2010年发布。中国的朋友托我请李先生当《全球华语词典》的荣誉顾问。我给李先生发了电邮，他也马上就答应，并且给我正式的回信，说“请在出版前让我知道还有谁接受了邀请”。后来我们更进一步邀请他出席在北京人民大会堂举行的《全球华语词典》发布座谈会，他也答应了。李先生先到上海，主持世界博览会新加坡馆的开幕仪式后，专程赴北京参加《全球华语词典》的座谈会，隔一天，再赴日本。李先生当时已经87岁高龄了，但是为了《全球华语词典》，为了支持我所做的事，他还是愿意奔波。

在出版座谈会上，李先生提议在《全球华语词典》的基础上，编纂“全球华语大词典”。他说：“现在的《全球华语词典》只收各地华语有差别的词汇，没有收共同的词汇。希望中国教育部和商务印书馆能在《全球华语词典》的基础上，编成‘全球华语大词典’，将华语里共同的词汇都收进来。当这样的大词典出版时，就代表了全球华人的智慧，也表现了语言的和谐。”[1] 他的提议，得到中国有关单位的积极支持，把“全球华语大词典”列为中国国家重大的出版项目。2016 年 4 月，《全球华语大词典》正式由商务印书馆出版，但李先生已经仙逝了。

在华文教学、华文人才的培养等方面
我给李先生提出的建议

和李先生上课，我们也不时谈及新加坡的华文教学。这些谈话，就曾经给教育部的高级官员们带来许多不便。他们就曾经当面对我说，如果有什么建议可以直接向他们提出，不要再在李先生面前提及。但当李先生问起一些关于华文和华文教学的事时，我总不能不坦白说出自己的看法，我总不能敷衍他。因为这些谈话，给有关的人员带来不便，不是我有意为之的。

1　周清海:《人生记忆——一个华文教学者的回忆》，第 102–102 页。

李先生有时也要我在华文教学、华文人才的培养等方面提出建议。2001年，我就曾经对吸引马来西亚华族学生的事，提出一些建议（这个建议书是以英文书写的，我简单译为中文）。建议书包括下列的内容：

一、我对马来西亚华族学生的观察

马来西亚华族学生基本上都不同程度地掌握了三种语文：英文、中文和马来西亚文。和新加坡的学生比较，他们说英语的能力较弱，而说马来西亚语的能力较强。

马来西亚的华族学生掌握中文的能力和热爱华文文化的热忱，远远超过新加坡学生。他们对中华文化的热忱远比殖民地时期更高。马来西亚的特殊环境使得他们更热爱自己的语言和文化，因此掌握了更高程度的华文。

南洋理工大学里有关中华文化的活动，他们都积极参与，而且他们之间的凝聚力很强。南大中文学会拥有600—700位会员，大部分是马来西亚学生。他们参与书法、中国画、表演艺术、歌咏团、文学创作等等活动，也创办文学双月刊。

上面的观察可以从下列事实得到说明：1997年国际大专华语辩论比赛在新加坡举行，马来西亚队获得冠军。1999年在中国举行，马来西亚队获得亚军。由中国香港中文大学举办的世界华文文学比赛，小说得奖者也是马来西亚的大学生。这些都不是偶然现象。

他们和新加坡学生和谐相处，那些说流利英语的，都能和新加坡学生共同组织各种学生活动。他们也愿意成为新加坡公民。除了来自沙巴的学生之外，他们大部分都希望能留在新加坡工作。

二、建议

1. 新加坡的大专机构开设中文副修，让在大学里就读的新马学生选修，以培养中文人才。马来西亚学生选修中文副修，能刺激本地学生的学习。

2. 吸收马来西亚中文大专的学生来新加坡学习，南方学院等四所马来西亚的私立大专，只提供三年课程，我们可以吸收它们的毕业生到来学习，以取得学士学位，然后留在这里工作。

3. 吸收独中和其他私立中文大专以及大学中文系的学生来新加坡当华文教师。

2004 年 6 月 3 日，我对华文教学再一次提出书面的意见（这个书面意见也是以英文书写，我简单译为中文）。

1. 政策的层面

在多种语言，多种民族的新加坡社会里，普及英语作为行政语言，各民族之间沟通的语言，是非常成功的。但对于母语，我们不考虑家庭背景，只限定一个程度，恐怕是不现实的。以华文为例，对那些家里说华语的学生来说，程度太低了，而对于没有华语背景的学生，程度可能太高了。如果我们考虑学生的家庭语言背景，政策上应该允许有不同程度的华文课程。

2. 关于读写

(1)“0”水准考试，降低华文第二语文写的比重而提高阅读理解的比重，是可行的。高级华文却必须维持原来的程度，读和写的比重照旧。

(2) 在华文教学里，即使是华文第二语文，对于汉字的认读和书写，不应该减轻它的重要性。理由如下：

A. 在书写时，无可否认的，计算机能提供一定的帮助。但小学阶段，是学习认读与书写汉字的最好阶段，我们不应该太早剥夺学生在关键时期学习书写汉字的机会。

B. 只有能书写基本的汉字，认识字的结构，才有可能在计算机屏幕上选出正确的汉字。我们的高级官员，在给来自中国的市长和副市长班做简报时，将“联络网”的“络”选了“落”，“商务支援署”的“署”选了“暑”，“资金实力”的“实”选了“势”等等，就说明了如果一个人没有认读汉字的基本能力，计算机也帮不了他。

(3) 增加用华语教学的科目。

A. 如果我们要认真培养华文精英，就必须考虑多提供一些用华文为教学媒介语的科目。只有让学生有更多的机会在学校里用华文，他们才有可能掌握好华文。

B. 我建议考虑开设这些科目：中英对译、华文文学选读、现代中国历史、中国文化导论等作为“0”水准考试的科目，并且尽可能延长到初级学院。

（4）对双语精英给予适当的奖励。

A. 在聘用或提升公务员时，精通双语的，应该给予适当的奖励。只有这样，人们才会将母语看作和他们有密切关系的语言。

B. 为双语精英提供奖学金。这个奖学金的层次应该和总统奖学金相当。

C. 我们应该让新加坡人民了解双语精英的职业前景以及对他们的要求，如此他们才能认真对待语言的学习。

（5）华文教师的培训。

华文教师的语文程度正在下降，我们必须采取适当的措施，处理这个难题。不可以等到不可收拾的时候，才考虑这个问题。我建议采取下列的措施：

A. 小学的华文教师大部分只修读“0”水准的高级华文。他们在教育学院受训时，大部分的科目都以英语为教学媒介语。我建议对这些受训的华文教师，教育学院应该将一些科目的教学媒介语改为华文，让他们有更多的时间和华文接触。

B. 我国两所大学的中文系应增加以华文为媒介语的科目，让主修华文的学生选修，以保证华文主修的学生具有适当的语言和文化基础。

2004 年 2 月由教育部前提学司黄庆新领导的 12 人“华文课

程与教学法检讨委员会”，探讨如何改进华文课程，教学法和评估方式。我也是委员之一。资政在这次的检讨过程中，全程参与。我给资政写了下面的意见：

“我非常高兴您能亲自处理华文教学的问题。只有这样才能让新加坡人了解华文问题的重要性，才能让不同背景的人认真地考虑华文问题，以取得共识，方便华文问题的处理。

“我完全赞成您对华文在新加坡的地位的分析，以及对华文程度的要求等等看法。保留华文是新加坡人的共同责任，这一点必须加以强调。所以，我认为除了华文媒体之外，您也应该见一见英文媒体。

“实际而且积极的鼓励，灵活的制度，政府高层次的支持，相信我们一定能达到预期的目的。”

李先生时时刻刻都关心新加坡的华文和华文教学，在作出决策之前，他都征求各方面的意见，包括《联合早报》和相关的团体以及专业人士。这就是他把自己的著作命名为《我一生的挑战——新加坡双语之路》的原因。

八

李光耀动怒了

资政在《我一生的挑战——新加坡双语之路》的第六章“调整又调整　改革又改革”里说：

当时还有一些华社领袖要求新的小四分流设立以华文第一语文、英文只学口语的ME3源流，我虽然认为这是不理智的想法，不过，还是向吴作栋总理建议让会馆根据华社领袖所提出的ME3源流办学方针，管理六到十所学校，让家长决定要不要把子女送去这些学校受教育，五六年后，就可以看出哪种学校制度对学生的前途更有保障。我这项建议最终没有被宗乡总会接受。

宗乡会馆联合总会主席黄祖耀和其他华社领袖在拒绝我的建议时候说：“我们必须以理智和客观的态度去看待双语教育问题。新加坡人是非常现实的，很少家长会选择把孩子送进这种以华文为第一语文，英文只学口语程度的学校就读。

这里所说的华社领袖的要求，就是指邓亮洪等人在1991年10月2日所提呈的《小学教育改革方案建议书》。这份建议书是呈给当时的吴作栋总理，副本也分别送给以王鼎昌副总理为主席的"华文教学检讨委员会"委员、教育部部长、新闻与艺术部部长和部分国会议员。这份建议书是以"华社文教促进会筹委会"的名义提呈的。筹委会的成员有18位，但在建议书上签名的只有6位：吴德耀、邓亮洪、刘蕙霞、陈经源、陈共存、杜珠城。建议书上也列了参与提呈建议的38个华社团体，但宗乡总会、客属总会、中华总商会不在内。我是"华文教学检讨委员会"的成员之一，因此也收到了这份报告书。

这个建议书的发起人是邓亮洪[1]，他召集的第一次会议，我也受邀请出席，但因为我是"华文教学检讨委员会"的成员之一，不方便参与讨论，后来也就没再出席了。

要求新的小学四年级分流考试增设以华文为第一语文、英文只学口语的ME3源流，只是《小学教育改革方案建议书》的一项建议，还有其他多项建议，资政书里都没有提及。这些建议包括：

---

1 邓亮洪，律师，1997年以工人党候选人身份参与国会大选。大选过后，被李资政、吴作栋总理等控告诽谤。邓氏现居澳大利亚。

1. 学前阶段：允许与鼓励全国所有小学都开办预备班[1]，把预备班纳入正规教育系统。

2. 奠基阶段（小一至小四）：母语课及以母语为教学媒介的科目应占总时数的小半，即 45%，让母语得到比较充分的发展，同时增强学生对母族文化的认识。

3. 定向阶段（小五至小六）：

3.1 小四分流的人数比例，可以作下列调整，以增加就读 EM1 的学生人数：EM1 20%，EM2 70%， EM0 10%。

3.2 学生在母语、英文、数学三科中必须有两科考试成绩达到三等（50 分）或以上者，即可编入 EM2 班，不必硬性规定英文必须及格。这样，才能贯彻在小学阶段学好母语的精神。

3.3 编入 EM0 的学生，在没有掌握好英语之前，应该通过母语为媒介，发展他们的智力，以母语为媒介的教学时间应占 45%，只是加强英语的学习，不是解决的办法。

3.4 应该设立以母语 1 与英语 2 的第四种源流。英文可以在中学阶段再行加强。

建议书也提及中学阶段普通工艺课程的语文教学，应该教母文，不能停留在口语上，也提及公民 / 道德课，可以用英语或华语教，不必硬性规定使用英语。

---

1 “预备班”是当时在特选小学里为进入小学前 6 岁孩子办的。这一年的课程以华文为主。现在已经取消了。

当时，李资政为了这份建议书是动了怒的。资政动怒的导因很多，主要是英文是新加坡求生存的语言，而不是华文，向英语倾斜是当时的教育政策所需。资政更认为一个人只能有一个主导语言，而在新加坡的环境里，这个主导语言只能是英语。

建议书强调向华文倾斜，不能为资政所接受。这和资政多年来在双语教育方面以英语为主导语言的努力相反。同时，他也看到建议书里 6 个签名者中，竟然包括曾经担任副提学司（教育部专业部分的第二号人物）而已经退休的刘蕙霞博士。这暗示了教育部内的高级公务员，也反对教育部的政策，只敢在退休之后才表示意见。

资政看了建议书以后对媒体的谈话，以及“向吴作栋总理建议让会馆根据华社领袖所提出的 ME3 源流办学方针，管理六到十所学校”，充分显示了他的怒气。他也要求我对他的谈话发表意见。我给资政写了下面的书面意见：

内阁资政

李光耀先生：

对您的讲话，我的观感如下。

一、整个华社对您的演讲感到震惊。那些对教育政策提出意见的华社人士，都是支持政府和支持双语教育政策的。他们只是对小学教育和小四分流过分偏重英文，没有必要地削弱母语的地位，提出一些建议。没有人想恢复华校，他们更不是极端种族分子。

您的演讲也使他们觉得痛心。他们认为您在感情上不了解华社。他们敬重的领袖在感情上误解了他们。

二、从您整个谈话的内容（虽然您接受了我的建议，删去“李星可事件”[1]）和谈话的语气看来，我强烈地感觉到您对华社最近的一些活动非常不满。我觉得这似乎也是不必要的。华社这些日子的活动，依我看，有助于恢复华社的凝聚力和活力，消除华社的疏离感。

三、您建议华社接管6—10所学校，依我看，除非得到政府的鼓励和支持，不然，华社不可能接受。华社了解英文的重要性，全心全意支持双语政策，他们只是担心母语被不必要的削弱，以致双语教育政策变质，并对教育政策的灵活性不够，没有充分让对母族语文有特长的人得到发展，表示意见。华社理想中的学校，我想和特选学校（SAP）差距不大。华社还没有成熟的条件或心理准备去接管学校。

政府如果鼓励并且全力支持华社接管一些学校，而华社也有足够的勇气和冲力这么做，将恢复华社早已失去的热心教育的传统。

1　李星可原为星洲日报社论撰写人，后来加入《南洋商报》。“李星可事件”见《李光耀回忆录 1965—2000》第 172 页，以及《我一生的挑战——新加坡双语之路》，第 50 页。

四、受华文教育者和受英文教育者对立的时代已经过去，似乎没有必要将两者对立起来。

周清海 启

一九九一年十月十七日

我的书面意见，和李先生的看法不同。但李先生并没有责怪我。这是我和他相处的典型例子：真诚，有话直说。

九

李资政谈语言标准和语言选择问题

我们地方太小了，创造自己特色的华语是不明智的

第二次世界大战结束后，资政当时想搭上一艘运兵船，到英国留学。他找了负责运送军队回国的军官接洽。《回忆录 1965—2000》说：

> 我给对方留下了深刻的印象，因为当时很少人能说流利的英语，语法和用法不成问题，也不带浓重的本地口音。

资政对我说，如果当时他不能说纯正的英语，恐怕上不了船，也就没办法到英国去，他的一生也就会完全不同了。这是资政最早体验到的说标准口语的重要性。

李先生担任总理时，有一次我们谈到《联合早报》的语言问题，我说，《联合早报》的语言需要改善。他因此写了信给《联合早报》，建议聘请一位语言顾问，专职监督《联合早报》的语文。《联合早报》虽然提出反对建议，说自己可以内部监督，不必从外头聘请语文顾问，但被李先生否决了。《联合早报》从中国香港聘用了汪惠迪先生。汪先生二十年来，对《联合早报》的华文出版做出了不少贡献。

当时电视台有一位儿童节目主持人，说的华语带了很浓厚的本地方言口音，也被撤换了，因为担心他会影响新加坡孩子的华语语音和用词。

资政认为，我们地方太小了，创造自己特色的华语是不明智的。

当时，马来西亚电视台的一些连续剧，混用了华语、方言和马来西亚语；新闻节目也用不纯正的华语播报。他们都是有意这样做的，现在已经不是这样了。

关于讲华语运动，资政认为，华语是我们可贵的社会资产，只要我们保留了广泛的华语应用基础，华语就会留下来。将华语运动、特选学校、《星洲日报》和《南洋商报》合并为《联合早报》等等措施，都是为了保留我国的华语华文。尤其是将两家华文报——《星洲日报》和《南洋商报》合并为《联合早报》，并且和英文报刊——《海峡时报》等组成报业控股，使华文报记者的待遇和英文报相当，保证了华文报的生存和发展。

资政在《我一生的挑战——新加坡双语之路》一书里再度

强调：

我们可以让新加坡华人讲正确的华语，这就是吸纳新移民的优势。电视、电台不应该说不规范的语言，我在2010年5月到北京为周清海倡议的《全球华语词典》主持发布仪式，现在全世界都说华语，新马、港台词汇和短句的用法都不一样，这本字典当然有其作用。周清海认为，语言始终会有一个当地的版本，但必须向普通话倾斜。我的看法相反，为什么我们需要一个单独的语言？外界要理解你会变得困难，我不认为我们应该这样做。其他国家可以这样做，但我们只有300万华人，为什么我们要形成自己特色的“方言”？我们应跟随13亿人正在使用的语言，制造自己的语言用法并没有为我们带来任何优势。

新加坡的华语水平现在比较低，口语能力应该尽量提高，但书写能力要求不能太高。如果你想要提升华语，就必须放弃英语，这是不可能的。(239—240页)

媒体、教育和社会上广泛应用，就能使华语在新加坡扎下根来。广泛的社会基础，保证了华语能在新加坡生存下去，新加坡人以后需要用到华语时，就能在这个基础上发展起来。

语言选择

关于新加坡的语言选择，资政给我的电邮说：

为了让新加坡人民能够生活下去，我们以英语为工作语言。我们没有其他的语言选择。但我们必须尽可能维持华语，以支持我们的文化，以及和说华语的世界联系，如中国和其他的地方。

这意味着华语只能作为第二语言，我们不能期望华语的程度跟过去作为第一语言时的程度相当。只要我们能够培养一批华文专业人员来管理我们的传媒，作为华语教师，跟中国经商交往，我们就做得很好了。

我当时在写《我的语文学习经验》[1]一文，资政给我电邮，提了下面的意见：

对于英文读者，你应该写你的家庭背景、学校教育、大学教育和你的工作环境，以及因为没有掌握英文，你的职业选择受到限制，而你的子女却没有像你一样失去了很多机会。

1 周清海：《人生记忆——一个华文教学者的回忆》，第209页。

同时可以提及这三十多年来我们学习华语时所讨论的语言教学和语言政策。

你说话的可靠性，将让读者觉得在这个问题上，你是诚恳和有权威性的。

写完了《我的语文学习经验》一文后，我传给资政，他回电邮说：

这文章很好、很真实地叙述了你学习英文的困难和你孩子的学习经历。你的孙子将觉得华文难以掌握，除非他的父母都是受华文教育的，在家里和他说华语。但是，我记得你媳妇和你孩子是说英语的。

我的大孙子今年4岁，他和菲律宾女佣在一起的时间很长，在幼儿园里多数时间也用的是英语，因此英语的词汇远比华语丰富得多，说英语的流利度也比华语高得多。在家里他和妹妹也是用英语交谈的。

他黄昏才到我家来，和我们一起用餐。从小，在我家里，我们只用华语和他说话。只能和我们说华语，他是知道的。

有一回，他对我说：我讨厌华语。其实，他是向我表达，说华语的词不达意，让他难受。这也应了资政说的“你的孙子将觉得华文难以掌握”。但我们会坚持下去，为下一代奠定华语基础。

我也让资政看了我 2002 年写的《多语环境里语言规划所思考的重点与面对的难题——兼谈香港可以借鉴些什么》[1] 一文，他说：“你全面地分析了语言和建国的关系。这篇文章应该以中英文出版。”

这篇文章里，我有这样的一个结论：

新加坡的华语能力，需要相当的时间才有办法提升；中国台湾的国语，人为地增加了太多的地方色彩；而中国台湾和中国大陆一样都缺乏说英语的大环境。只有中国香港，具有高程度的华语书面语能力，具有说英语的大环境，在新的语言压力下，将来肯定会有不可忽视的发展。中国香港具有双语的环境，如果有了普通话的大环境的支援，将来华人社区真正的双语精英，可能出现在香港，而不是新加坡、中国台湾或者中国大陆。

但资政有不同的看法，他的电邮说：

我不同意你对香港双语前景的预测。人民大众以及精英阶层应用英语的情况，香港永远不能和新加坡相比。现在，香港是中国的一部分，他们和中国的关系，远比和英美的关系密切。粤语

1 周清海：《全球化环境下的华语文与华语文教学》，青年书局，第 2007 页。

是人民和立法议会的语言。英语在香港社会正在失去重要性。

在美国教授、专栏作家汤姆·普雷特写的《李光耀对话录》里，资政也提出同样的看法，而且对当时特首董建华说："英国人留给你——故意留给你的人民——粤语作为官方语言……如果我是你，我会把重点放在汉语和英语；推行英语是因为你必须与世界接轨。"

资政的"英国人留给你——故意留给你的人民——粤语作为官方语言"的说法，我完全同意。1968—1970年，其中的两年我居住在香港，当时邵氏电影公司拍的都是华语片，而广东话的影片看的人很少，水准也很差，被说成是"广东残片"。

2009年，我正在写我的回忆录——《人生记忆——一个华文教学者的回忆》，资政给我电邮，说：

你这一代人经历过人民行动党执政之前的生活。人民行动党采取了坚定和不受欢迎的语文政策：以英语为工作语言，母语为第二语言；打破了种族群居隔离的局面；教育培养了年轻的一代；才建设了现在的新加坡。

你应该在你的回忆录里记录你的困苦生活，让年轻人了解需要继续有一个守纪律、和平与和谐的社会，廉洁、能干和有献身精神的领袖，新加坡才能继续有成就。新加坡的双语政策，成就了今天的新加坡，也为新加坡将来的发展，奠定了基础。

十

李资政谈教育和语言规范

2009年李资政接见了时任中国教育部副部长郝平一行人时，做了下面的谈话，具体地表现了他对语言和语言规范的观点。这次会见，时任中国教育部的李宇明司长等几位友人做了详细的记录，记录里虽然有些中国式用语，我也不做更改，以保留原貌。中国友人的记录，保留了珍贵的资料，也反映了中国友人的认真态度，值得我们学习。这份记录稿还没有公开发表过。

新加坡资政李光耀在接见郝平副部长一行时的谈话

（记录稿）

2009年7月7日下午，新加坡资政李光耀在新加坡总统府接见了教育部副部长、国家语委主任郝平同志，陪同郝平同志参加接见的有国家语委副主任、语言文字信息管理司司长、《全球华语词典》主编李宇明，北京大学教授、《全球华语词典》学术顾问陆俭明，商务印书馆（《全球华语词典》出版单位）总经理王涛。时任中国驻新加坡大使张小康，新加坡南洋理工大学教授、《全球华语词典》学术顾问周清海等会见时在座。李资政与来宾热情握手，落座茶叙。

郝：非常感谢李资政的接见。您的身体很好，华语也讲得很好。

李：过去说华语的机会多些。现在夫人身体不好，常年卧床，我得经常陪着她（用英语）聊天。语言这东西需要经常说，现在华语的一些常用词，到嘴边，说不出来。年纪大了，再学新的语言、词汇不容易。

郝：这一次我是来新加坡参加国际教育圆桌会议，讨论教育发展趋势，会议开得很成功。李显龙总理出席会议并发表了讲话。

在新加坡及许多华人社区的倡议下，开展了《全球华语词典》的编纂工作，工作进行得很顺利。您在新加坡积极倡导华文教育，还身体力行、持续不断地学习华语，精神令人感动。词典编委会真诚地希望聘请您为荣誉顾问，并邀请您能够出席在北京举行的《全球华语词典》出版发行会。

李：（资政愉快地接受了聘请）华语词典很有意义。参加发行会要找一个合适的时候，在上海世博会的前后，较为方便。

关于词典，我有些想法。英语、法语传播到国外，会变。

英语有英国英语和美国英语。新加坡有300多万人口，要了解13亿人口的中国所讲的话、所写的字，就要以你们的为标准。

新加坡有华文媒体，也有自己的一些词汇，没有办法。比如“自行车”叫“脚踏车”，“出租车”叫“德士”，“市场”叫“巴刹”。忽然间改变，听起来不舒服、不习惯。

法国有些办法，世界上许多讲法语的国家和地区，如越南，非洲也有一些，把学者组织起来，相互联络，对一些新词提出意见，减少差别，对各方都有好处。中国也可以这样做，不是行政的办法，用说服的办法。中国台湾我看会改变，有超过100万的人住在中国。这方法不是统一，是减少差别。

语言学有自己的法则。我们老一代学的是英国英语，我越来越多地听到播音员讲美国英语，常听就不能分辨了，就接受美国英语了，美国媒体是英国的10多倍。中国也是这样，最好的办法是用法国的做法。90年代我去毛里求斯——印度洋上的一个小岛，大部分人是印度人，内阁里一半讲法语。学校上法语课免费，学法语的人就多。中国经济发展了，东南亚的人要学华语，他们的学校到新加坡来寻求帮助，需要课本，需要教师。我们没有那么多的人去帮助。你们要扩大孔子学院的影响力，要选派你们师范大学的老师，到我们中学教课。我们的语言有四种，我们是借用别人的语言标准，不是自己做主。马来语借用马来西亚的标准，华语用中国作标准，方便。用拼音，繁体字，浪费时间。要派你们的教师出去，这个影响力不容易撤掉，这是软实力。

马来西亚对华人有诸多顾忌，凡是和中国相关的都分离开来。要吸引马来西亚人去中国读书，要派教师过去。新加坡愿意中国派师大毕业的教师来，每年最好能够派10—12人。

郝：孔子学院发展很快，已经超过300所了。中国重视帮助东南亚进行华语教育。每年我们选派些师大的师生来新加坡教华文。新加坡的双语教育做得好。

李：新加坡的双语政策是成功的。40年前，讲的是方言、马来西亚话。现在变了，马来西亚人也会讲简单的华语，没有逼他，有需要。最好的办法是你给他选择，大环境变了，他也会变的。全世界的华人社会，我们要跟着大国的（语言）标准，英国要跟美国较劲，输了，美国有3亿人。关键是双语。工作上需要英语，保留传统文化需要母语。不容易。

郝：中国在民族地区进行双语教育。中国正在制定教育中长期规划，重视母语教育，也重视外语教育。当前的重要问题是农村教育，还有大学生的就业。

李：教育是社会发展最重要的一个元素，没有全民的高质量的教育，社会就不能进步。1971年第一次去中国，到现在变化很大。学校扩大了，课本、杂志、计算机……都是新的。

大学毕业生失业，那是小问题，减少大学招生，可是大问题。我们犯过这个错误，当时说工程师太多了，便减少招生。后来新加坡大发展，工程来了，缺少工程师，建另一个大学培养工程师。

20年前，我跟中国说，不要改变你们的政策，学生让他出去。有机会他们一定会回来，带来了新的知识。不管失业不失业，那是暂时的问题。有信心，中国是会发展的。国家稳定。一定要有这样的人才。

留学生不一定全回来。一部分人习惯了西方的生活方式，请他两三年到中国来，做教授、做顾问什么的，有好处。中国大，少了人才不行。要两三代人不断努力。

双语我们做了40多年。台湾地区的国民党用了40多年把语言统一起来，李登辉、陈水扁用了十几年，故意搞乱了。中国香港要减少用广东话，但是他们教师怕失业，这样要失败的，不行。语言要快速连接，像计算机一样，不常用的词就放到后面去了。你们的外交部了不起。有很多小语种，美国也只有一两个人会讲。

郝：北京外国语大学，有43种语言，培养了386名大使。欧盟建议中国把它们的官方语言，专业开齐。北外都开齐了。

张小康：小语种的学生，先学两年英语，然后再学小语种。

李：对，外交是有比较多的出路。德国和法国的年轻人也讲英语。想办法使华语简单点，学华语比学英语多几倍的时间。

会谈结束时，李宇明和王涛一起向李光耀先生颁发《全球华语词典》顾问委员会荣誉顾问的聘书。

李资政从李宇明、王涛手中接过《全球华语词典》荣誉顾问聘书

一个星期后（2009 年 7 月 14 日），郝平副部长给资政发来感谢信说：

尊敬的李光耀资政阁下：

7 月 7 日，您在百忙之中热情接见了我和我的同事，高兴地接受了担任《全球华语词典》顾问委员会荣誉顾问的聘请，愉快地答应了明年来华参加《全球华语词典》首发式的邀请，令我们十分感动。

您在谈话中，对中国教育事业的发展和语言文字工作提出了许多富有远见卓识的建议。这些建议，是建立在对国际大局的准确把握和对中国现状的深入了解的基础上的，并且融进了新加坡发展中的经验，对我们很有启发。我们已经把您的这些建议做了认真整理，并根据情况尽力采纳。

华语是以普通话为基础的全世界华人的共同语。做好华语的沟通、规范工作，支持各地的华语教育和文化传承，满足世界人民学习华语的需求，是中国的义务，也是全世界华人的共有使命。资政阁下大力提倡华文教育，并身体力行、持续不断地学习华语和使用华语，“学语致用”，令人敬佩。我们将努力做好《全球华语词典》的编纂工作，努力推动世界范围内的华语的沟通、规范和传承、传播工作，并希望继续得到资政阁下的关心和支持。

我和我的同事对您表示深深的谢意！期待着明年您的中国之行。

十一

李资政与南洋大学

一、我们应该将政治课题和文化、教育课题分别开来

1999年3月4日，资政写完了《回忆录　1965—2000》里的“一种共同语”这一章之后，要他的秘书电传给我。秘书写道：

资政请你阅读这一章，希望你让他知道华校生可能的反应。身为华校生，你的反应如何？这一章是不是同情地反映了事实？我们是处在东南亚的一个多元民族的社会，不可能以华文为工作语文，必须是英文，因此，一切变化就随着发生了。

三天之后，我将意见电传给资政。我说：

我查了档案，知道您给南洋大学理事会主席的建议是将两所大学合并，同时成立南洋理工学院。这个学院将发展成为南洋理工大学。南洋理工大学成立后的事，就没有交代了。

考虑到南洋大学校友对大学的感情，您愿意说一说南洋理工大学改名为南洋大学的可能性吗？这也表示您对华社领袖无私地关心华人文化和传统的理解与同情。我们应该将政治课题和文化、教育课题分别开来。

资政把文章修改之后，再电传给我。现在《回忆录 1965—2000》里第 176 页的一段说：

我在两个不同的场合跟学生谈话，对他们的困境表示同情，鼓励他们坚持到底。最终约有 70% 南大生在两校的联合毕业考试中过关。我展开调查，以便了解毕业生想要获颁新大学位、南大学位还是两所大学联合颁发的学位。绝大部分的人选择新大学位。我决定把两所大学合并为新加坡国立大学（简称国大），这批学生都获颁国大学位。（南大校园成了附属国大的南洋理工学院的校址。1991 年它升格为南洋理工大学。一些南大校友要求复名南洋大学。这已不再是什么大不了的课题了。要是南洋大学和南洋理工大学的毕业生都有相同的意愿，恢复旧名绝对不成问题。雇主们都知道，目前的南洋理工大学毕业生，不管所读学府起用什么名字，他们的素质依然维持在高水平。）

上面括号里的那段文字，是《回忆录　1965—2000》里“一种共同语”的初稿里原来没有的。

我给资政写了回条说：“谢谢您接受我的意见。修改后的文章比较平衡，也不会太冒犯受华文教育者。”这个修改后的文章，就是现在《回忆录　1965—2000》里的“一种共同语”这一章。

关于南洋大学的问题，这一章叙述得很详细，我不再重复。资政接受了我的意见，才加上上面括弧里的那一段文字。这一段文字，也就是南洋理工大学前校长徐冠林教授所说的“在您《回忆录　1965—2000》的引导下”的依据。徐校长根据这一段文字，不断地提及改名的问题，而且明确地向媒体表示“2005 年改名，应该没有什么障碍”。

李资政根据我的建议而增加的这一段文字，却导致了南大改名 / 复名（见附录）的风波，这是谁也没能料及的。

二、对华社领袖无私地关心华人文化和传统表示理解与同情

了解了上面那段文字的来源，也就不难理解李资政在《我一生的挑战——新加坡双语之路》一书里说的下面的一段话：

徐冠林教授在2003年出任南洋理工大学校长后，便想为复名设定时间表。我不认为有这个必要，因为南洋理工大学已经建立了良好的声誉。我告诉他复名的事必须在内阁讨论，并要他做个调查，看看学生是否同意复名，我不认为在籍南洋理工大学学生会欢迎这个改变。

资政跟着说："我的华文老师周清海教授是南大生。他在自己的回忆录《人生记忆——一个华文教学者的回忆》中对复名提意见说：'我对这所大学（南大）是有感情的，但我也必须考虑现在南洋理工大学学生的感受。将自己对南洋大学的感情，强加在南洋理工大学学生的身上，是不合理的。"[1]

资政以下面的一段话结束《我一生的挑战——新加坡双语之路》一书里"南洋大学兴与败的启示"这一章，他说：

南大的故事对于新加坡作为一个国家有重大的启示。

新、马两地的华人移民，从三轮车夫、的士司机、小贩、文员到商人和银行家，为维护自己的语言、文化和传统，热烈响应为华人子弟建设一所高等学府，他们慷慨解囊，完成了一个共同的愿景，尽管这个愿景有着与生俱来的缺陷，尽管南洋大学注定会失败，但它创立的精神却值得新加坡人珍惜并世代传承下去。[2]

---

1 李光耀：《我一生的挑战——新加坡双语之路》，联合早报，2011年，第96页。

2 周清海：《人生记忆——一个华文教学者的回忆》，第102—102页。

这种肯定南大精神的态度和我 1994 年在成立了中华语言文化中心之后，将陈六使的铜像从仓库里搬出来，摆在中心的会客室里做法是一致的。我在《人生记忆——一个华文教学者的回忆》里说：

陈六使的铜像在南洋大学和新加坡大学合并为新加坡国立大学之后，就被藏在仓库里，尘封多年。南洋大学的创立，陈六使先生的贡献最大。因此在成立了中心之后，我和云惟利先生都觉得应该将铜像从仓库里移出来，摆在中心的会客大厅里。有朋友劝我不要惹这个麻烦，但我认为肯定前人的贡献，是人类共同的品德，更是中华文化的基本价值观，所以我这样做了，也准备负这个责任。更何况当时旧南大校友正在要求从新加坡国立大学迁册到南洋理工大学来，成为南大的校友，而大学也正积极地和旧南大校友建立关系，我的这个做法，料想詹校长也不会反对（我没有通知詹校长）。[1]

我向李资政强调的“这也表示您对华社领袖无私地关心华人文化和传统的理解与同情。我们应该将政治课题和文化、教育课题分别开来”就充分表现在资政上面的一段话里。我想这是处理南大问题的最好、最适当的做法。

在南大工作的外国朋友给我电邮，表达了他个人的看法，他说：“我能理解南大校友对母校的感情，可是我也能明白政府和

1 周清海：《人生记忆——一个华文教学者的回忆》，第 43 页。

教育当局的立场。改名或者恢复旧名是重大的事情，必须慎重处理。我的看法是，南洋理工大大学近年发展很快，在国际上已经享有一定的声誉，除非有迫不得已的理由，否则不宜随便改动。在简称时用‘南大’也是一个好办法。”

这个看法是相当客观的。

关于处理南洋大学的问题，资政的《回忆录 1965—2000》里有专门的一章加以交代。资政的新著《我一生的挑战——新加坡双语之路》里，再次提到毕业于南大的校友们对这件事的态度：

毕业于南大的人民行动党议员如庄日昆及何家良，同意在南大情况进一步恶化前亟须出手干预。我的内阁同僚却不以为然，杜进才和巴克坚决反对我插手……向来坚定又有主见的吴庆瑞和务实的林金山也表示反对……他们认为政府不应该干预，这样做一定闹出大事，就让南大自生自灭好了。

11名议员是庄日昆、何家良、蔡崇语（南大前财务主管，教育部高级政务部部长）、潘峇厘（国防部高级政务次长）、李玉胜（国家发展部政务次长）、钱翰琮（内政部政务次长）、杨子国、饶柏华、黎达材、何振春、高立人等赞同合并两所大学的建议。他们之前已先召开会议并一致同意合并是解决南大新生人数下滑和毕业生就业前景黯淡的唯一途径。[1]

1 李光耀：《我一生的挑战——新加坡双语之路》，第94页。

附录：南洋理工大学改名 / 复名风波[1]

（一）

对于南洋理工大学是否应该改名（或者复名）为南洋大学的问题，现在已经沉寂了下来，没人再提起了。

提议“改名”的人，是认为南洋理工大学现在已经是一所综合性的大学，不合适再冠以“理工”两个字。

提议“复名”的，大多数是以前南洋大学的毕业生。他们有的念念不忘这所由东南亚华人捐钱建立的，中国以外的唯一一所华文大学。这些人之中，有的不认同南洋大学和新加坡大学合并，而成立的新加坡国立大学；有的却是怀着政治失落的感情，希望以“复名”来证明李光耀资政担任总理时关闭南洋大学是错误的决定。

这样的“南大改名”或“南大复名”的争论，就像当年南洋大学成立时一样，不是一个单纯的教育问题、大学名称问题的争论，而是带了浓浓的政治气息，尤其是在马来西亚的南大毕业生的网站上，政治气息更为浓厚，敌意更加明显。

1 周清海：《人生记忆——一个华文教学者的回忆》，世界科技出版公司，2011 年，第 111 页。

但摆在眼前的事实是，南洋理工大学的学生对南洋大学是陌生的，对南洋大学这个名字并不认同。就以我女儿为例，她毕业于南洋理工大学，在南洋大学旧校园里生活了 4 年，对过去的南洋大学并不了解，也是陌生的。而要不要轻易放弃辛辛苦苦建立起来的南洋理工大学品牌，也是必须慎重考虑的。因此，当我被问起对改名 / 复名的看法时，我都不愿意表示意见。我以为，与其纠缠在过去，不如继续往前看。

如果想借复名来证明李光耀资政以前关闭南洋大学是错误的决定，那就更没有意义了。当时，李资政是在南大毕业生的国会议员要求下，经过充分的协商而做出的决策。这个决策，不只避免了继续培养一批批永远吃亏的华文大学毕业生，而且也奠定了往后新加坡以英语为行政语言的基础。这个基础，保证了新加坡的成功。李资政必须对新加坡人民负责，但马来西亚的南大校友会没有这个义务，他们不必解决“一批批永远吃亏的华文大学毕业生”的问题，他们大可以只从爱护华文教育的立场，发泄一些有关关闭南大的怨气。这些都是可以理解的。

令我费解的是，新加坡的一些南大毕业生的国会议员，当时提议并支持解决南大问题的议员们，对这个问题都噤若寒蝉，好像这个问题和他们一点都没有关系。

其实，作为南大的毕业生，对于改名 / 复名，我是有意见的。我对这所大学是有感情的，但我也必须考虑现在南洋理工大学学生的感受。将自己对南洋大学的感情，强加在南洋理工大学学生的身上，是不合理的。因此，我认为，如果考虑改名，用“国立南洋大学”，可能更为适当些。这样的名称，可以避免许多政治性的纷争。

表达对南洋理工大学改名的看法，不是这篇短文的重点。这里要记录的是南洋理工大学两位校长在处理改名问题时的不同态度和做法，以及李光耀资政对南大问题的看法。

（二）

詹道存教授是南洋理工大学的第一任校长。他处理改名（或者复名）问题时，是抱着谨慎的态度。相信他深刻理解这不是一个“单纯的教育问题、大学名称问题的争论”，所以，他既不匆忙采取急进的措施，也不做明确的许诺，他采取的是渐进的办法——这种办法，其实就是以拖待变。

南洋大学毕业生在各地举行常年聚会，詹校长出席常年聚会时，同意将南洋理工大学的简称从“理大”改为“南大”。一方面是这样的简称，才符合汉语的简称习惯，另一方面也是向南大的校友表态，承认现在的南大是建立在过去南洋大学的基础之上的，将南洋理工大学的历史跟南洋大学联系起来。

詹校长也鼓励与容纳南大毕业生参与大学的一些活动，对南大毕业生要求将毕业生名册从新加坡国立大学迁入南洋理工大学，也积极支持。这些做法，都是渐进的。马来西亚的南大校友，对他的这些做法，也是非常有意见的。他们认为南洋理工大学掠夺了南洋大学的历史。

作为南洋大学中文系的毕业生，我在 1994 年，被指派负责在南洋理工大学校园里成立中华语言文化中心。中心成立后，我就把尘封已久的南洋大学创办人陈六使先生的铜像，正式摆放在中心的会客室前。我的做法，尽管有人质疑，也有人表示担忧，但我以为这也是一种渐进的做法。更何况我也认为陈六使先生当时创办南洋大学的功绩，是应该给予适当的肯定的。后来，新加坡南大毕业生协会推动筹募了 170 多万的陈六使教授基金（加上政府的一对一拨款，就是 340 万），就是设在中华语言文化中心的。

在詹校长这种渐进的做法下，南洋理工大学渐渐有了南洋大学毕业生的足迹。尽管有些旧南大毕业生仍旧认为现在的“理大”（或者称为“新南大”），和过去的南洋大学完全不同，他们不能认同。有的更是表示强烈的反对。但南洋理工大学所组织的一系列毕业生回校活动，不只使旧南大的毕业生和现在的南洋理工大学的关系越来越密切，而且那些参与南大校友活动的旧南大校友，对大学也渐渐建立了归属感。

我所发起的南洋理工大学孔子学院，在 2007 年 9 月开幕前，短短的一两个月里，就筹募到 100 万的孔子学院基金，这全靠的也是旧南大毕业生的努力。

旧南大毕业生对华文以及华文文化的热爱，是我们国家可贵的一份资产。它将继续在我国的可持续发展中作出贡献。我们这些旧南大毕业生的子女，都是新加坡新的教育体系下的受益者。他们再也不是“一批批永远吃亏的华文大学毕业生”。我们不能因为怀旧，因为对母校的怀念，而影响了客观的判断。

（三）

徐冠林校长 2003 年接任之后，对南洋理工大学改名的事，非常积极，他一改旧校长渐进的办法，明确地向媒体表示“2005 年改名，应该没有什么障碍”。

2004 年 7 月 11 日（星期日），南洋理工大学副校长等二人在夜里 10 点半突然造访。他们向我表示，徐校长隔天毕业典礼上的讲话，教育部要求删改。

他们将写好的信给我看，请我以个人的名义，将信发给李光耀资政。这封信，是这样写的：

尊敬的资政先生：

下面说的事比较紧急，我希望知道您的看法。徐校长要我对他写好的南大毕业典礼演讲词提供意见，我才知道这件事。

负责高等教育的部长和教育部长要求徐校长澄清他对媒体的谈话。徐校长是在由您主持开幕式的“国家疆界与文化图像国际研讨会”上，回答记者的询问时说：“只要一切条件都成熟，2005 年改名，应该没有什么障碍。”

明天（12 日），早上 10 点半的毕业典礼上，徐校长将在演讲里提及这件事。他先将演讲稿呈给教育部。

徐校长的原稿提及您在主持国际研讨会开幕式时，回答有关改名的提问所说的话：对新加坡政府来说，改名不是紧要的事，只要校友会同意这样的更改。

徐校长接到教育部最后的定稿，加上了这样的一段话：“改名的事不是定案，因为从 1991 年开始，14 年来，南洋理工大学已经在工科和商科方面建立了国际威望，她已经拥有了一个响亮的名字。作为校长，他的主要责任是发展大学的三个新学院——人文社会学院，艺术、设计和媒体学院和自然科学学院，将南洋理工大学建成综合性的大学。”

修改稿也说：“虽然南洋理工大学在发展成为综合性大学方面，有非常好的进展，但是，将人文社会学院，艺术、设计和媒体学院和自然科学学院发展成为一流的学院，需要好多年。南洋理工大学不应该为改名的问题分散注意力。只有当南洋理工大学发展成为杰出的综合性大学以后，才比较有条件和南洋理工大学毕业生校友会一起讨论改名的事。

“我感觉到，这样的修改，使徐校长的处境非常艰难，使他说话前后矛盾。从去年以来，他就在您《回忆录　1965—2000》里说的话的引导下，不断地提及改名的问题。现在的修改，也将引起争论，触及关心改名者的感情。

“徐校长觉得，他应该这样说：我们将遵照李资政在《回忆录　1965—2000》里说的话和看法，从一个公立大学的立场采取适当的做法。任何名称的改变，都会遵守政府的程序。

“我觉得这是一件关系到南洋理工大学的重要事情。您应该知道实际的情况。呈上让您了解。”

我同意以我个人的名义发这封电子邮件。11 点 27 分，我用儿子的邮件账户，给李先生发了邮件，12 点 6 分我就收到了回邮。李资政说：

教育部把观点告诉我了，我完全同意教育部部长的看法。

现在，南洋理工大学的毕业生是南大的 5 倍，这个数目每年都在增加，而 1981 年以后，旧南大就没有毕业生了。旧南大的毕业生一定觉得改名没有什么损失。

（以上的电邮原文是英文，都由我翻译成中文。）

显然，那封由我发给李资政的电邮的撰写者，一定以为资政不知道这件事，只是教育部和主管高等教育的部长的决定，才想通过我将事情转达给资政。电邮反映了撰写者对新加坡政府的运作完全无知。

2005 年 7 月 12 日毕业典礼的前后几天，对徐冠林校长来说，是非常难过的几天。我也曾打电话去慰问。他女儿还小，考虑问题免不了有太多的牵挂。

多元艺术家陈瑞献，是旧南大毕业生，他曾经非常缅怀和感叹地说自己是文化上的吉卜赛人。在南洋理工大学 2004 年给他颁发名誉博士学位时，他公开向报界提出迁移南大牌坊和南大改名作为接受名誉博士的条件。当改名无望时，听说他也曾要退回名誉博士学位，但在多方的劝阻之下，终于没退回。

在渐进和急进之间，就有这么大的差异。缅怀过去，而不考虑未来，就有这么多的恩恩怨怨。

事情算是过去了，改名或者复名，再也没有人关心。但我始终没有忘记在谈论南洋大学时，李资政对我说的话："时间能解决南大的问题"，詹道存校长是真能体味这句话的深意的。

附注：关于处理南大的问题，当时南大毕业的国会议员是支持的。但每次谈论南大问题，或者南大复名 / 改名问题时，曾担任过官职的这些议员们都是保持高度的沉默的。

徐校长说的“李资政在《回忆录 1965—2000》里说的话和看法”，指的是第11章“一种共同语”。这是值得大家仔仔细细阅读的一章。如果你阅读了，在讨论南大问题时，你就不会情绪化，观点和态度也会更加客观。

十二

李资政夫人病了

李资政夫人病了，病得很重。资政说已经病了8个星期。这是她第三次中风。

夫人是资政“力量和慰藉的泉源”，如果失去这个“泉源”，资政的生活会怎样？资政说：“她是我力量的支柱，数十年如一日地给予我理性和感情的支持。”

今天给资政上课，我能感觉到他心里的沉重。他让自己忙，照常开会，照常演讲，照常上课，不然，他更难受。他说，夫人不知道能拖多久，如果没有她，一切都将不一样。回家去，家都不一样了。

李夫人脑子清醒，但不能行动，一切都要人服侍。她说话不清楚，吃东西困难，有时会吞到气管里去，肺就因此发炎。虽然服用抗生素，但长久下去抗生素也会失效的。

夫人不愿意住院，现在已经回家，由两个用人和一个有经验的护士照顾。

资政说，他很难适应没有夫人的日子。如果夫人走了，夫人的问题解决了，而自己的问题就开始了。最好是在飞机上，飞机爆炸，就算了。

我的心里很沉重。我对资政说，夫妇感情太好，往往一个走了，另一个也就活不久。希望他能度过这段非常的日子。

上完课，临走前，我又对资政说，好好保重，好好照顾自己。他用手轻轻抚着胸口说：不是理智的问题，是这里的问题。

这次上课的时间比过去上课时间都长，从 5 点到 8 点 10 分。

自从夫人病了以后，我们有好几个星期不用预备好教材上课了，我只是和资政聊天。30 多年的相处，我们能无所不谈。通过谈话，让他用华语，也能减轻他精神的负担。资政是大人物，时时刻刻都在为国家操心，但大人物常常是“高处不胜寒”。大人物也是人，有普通人的感情。我也算是他多年的朋友了，能关心地听他叙述。

回来后，我给他女儿玮玲医生发了电邮，告诉她：“这是你们家庭的非常时期，我给资政上课，深深感受到他感情上所受的压力。希望你多些关心资政。”

2008 年 7 月 12 日晚，写了上面的短文之后，心里仍然很难受。我考虑了 4 天，就在 17 日，将文章发给李显龙总理，希望他也能多关心资政。

2010 年 6 月 20 日，资政的女儿李玮玲医生在《海峡时报》上发表了文章，描述她父母之间感人的事情，我给她发了电邮说：“看了今天你发表的文章，写得很好，也很感人。文章真实地写出了资政的另一面，新加坡人所没有看到的一面。

资政出国时，都要打电话回家，给躺在床上的夫人。夫人听了资政的电话后，才能睡，也应该提一下。”

打电话的这个细节，是资政亲口对我说的。玮玲在电话里告诉我，《海峡时报》的文章因为受篇幅的限制，所以只叙述重要的。

李夫人在 2010 年 10 月 2 日逝世。当天晚上，我给资政发了电邮：

知道夫人过世，您一定非常难过。我希望您节哀。夫人协助您，给您鼓励，抚养你们三个孩子，他们都有成就。她一生是充实圆满的。这几天，您一定要注意自己的身体。新加坡仍需要您。

我膝盖的软骨磨损了，坐在轮椅上，由大儿子推着，到总统府去凭吊，但出殡时，因为膝盖疼痛，行动非常不方便，就没去送殡。

10 月 7 日，我给国立教育学院的前同事发了电邮说：

在大孩子的陪同下到总统府吊唁

李夫人灵柩让公众瞻仰只有两天。这两天的黄昏以后，只有受邀的朋友才能进入。出殡时，除了亲人之外，也只有最亲密的朋友受邀。我这几天行动不便，只在黄昏时候让我孩子推着轮椅，到了总统府一趟，而没有送她最后一程。

我说“李夫人待人谦和，毫无架子，是个相夫的贤妻，爱子女的慈母，又自律甚严”。这完全是真实的。她平等地看待每一个人。她的身上，有太多的美德，值得我们学习。

同一天，我也给资政发了下面的电邮：

从电视上看您，听您的讲话，我深切地感受您的哀伤和痛苦。您和夫人的吻别，深藏着多少恩爱。今后，您需要习惯没有夫人陪伴的日子，这是不容易的事。但您的亲人、您的朋友一定能协助您、陪伴您渡过这个困难的时期。

我因为腿受伤，坐在轮椅上，没去送夫人最后一程。在家里全程看电视的报道，心情非常沉重。资政，我们都敬爱您，新加坡人都敬爱您。您得好好保重。

希望您慢慢地从痛苦中脱离出来。

夫人过世的一个月后，2010 年 11 月 18 日，我给资政发了如下的电邮：

最近在报上知道您的一些活动，非常高兴。高兴您的生活逐渐恢复正常。您失去挚爱的哀伤，您所承担的痛苦，我是深深感觉到的。作为您的朋友，我想请您多多保重。

资政回电邮说：“感谢你。我很小心走路。可是老化不可避免。”

十三

我印象中的李光耀夫人

2008年，我写了《我印象中的李光耀夫人》。2010年10月，李夫人过世隔天，我将文章发给《联合早报》发表。文章传给《联合早报》时，是没有作者介绍的。发表时的“资政长期的华文教师”几个字，是编辑加上的。我对全文只做了一些补充，照录如下：

1972年之前，我只在电视上或者报纸上看见李夫人。在我的印象中，她和李先生一起出现时，总是让李先生走在前面，自己跟在后边，从来不和李先生并排。

1972年之后，到现在，给李先生上华文课，也将近40年了，但有机会近距离看见她，也不过寥寥几次。这里所叙述的，有些是我亲眼所见的李夫人，有些是李先生说的，我加以转述。

我给李先生上课，都是在黄昏，他办完了公事之后。他们夫妇，总是在我上完课后游泳。李夫人如果早到总统府，她总坐在李先生的办公室外边，等我们上完课，才进来。从不在我们上课时进来。

有一次，我上完课，坐电梯下来。就在内阁会议室里碰见李夫人。她刚从会议室的门口进来，看见我从电梯里走出来，她马上站在旁边，要让路。她的身体语言，表现的是客气、礼貌和谦和。当然，我马上走出了电梯，站在一旁，等她先走进电梯去。

李先生的回忆录出版后，他们夫妇在总统府和一批参与出版工作的《联合早报》人员以及我一起进晚餐。晚餐之后，李夫人就主动带领《联合早报》的人员参观刚装修不久的总统府，她一点也没有架子，就像带着一群老朋友参观一样。那些《联合早报》人员多数是第一次参观总统府的。

李夫人中风之后，视力没有完全恢复，左边总看不见。有几次，我在李先生办公室外等候，她刚好从电梯走出来，没有看见我坐在左边。听到我叫她，才缓慢地侧向一边，道歉着说，左边看不见人。

李资政在《回忆录 1965—2000》里也说到他的夫人，他用了“她是我力量和慰藉的泉源……判断一个人，她有敏锐的自觉”来概括李夫人，并且说：“只要她对别人的看法有所保留，我都会认真看待。早在 1962 年我跟东姑会谈加入马来西亚的问题时，她就对我们是否能跟东姑、拉萨和其他的巫统和马华公会领袖合作有所保留。她对我说，他们不论在脾气、性格或社交习惯上都很不同，她不以为人民行动党的部长们能跟他们合得来。”李夫人对人，具有敏锐的观察能力，在她病重的期间，李先生也一再提起她这种能力，并且说林金山先生也有这个能力。甚至和人握手，林先生都能看出那个人可靠不可靠。

夫人病重期间，我们虽然照常上课，但李先生总会在6点左右，问一下保安人员，夫人醒了没有。如果醒了，我们的课就会停下来，他马上赶去医院探望。

1992年10月，李资政和夫人访问南非，在南非得知显龙得了癌症。李先生夫妇并没有赶回来，而是继续南非的行程。

李先生回来后，在上华文课时，我们谈起他没赶回来的事，他说：回来也不能做什么，相信新加坡的医药人员会很好地照顾显龙。

显龙治病期间，他的病情常常成为我们谈话的话题。好几次，李先生的眼眶里都闪烁着泪水。李先生常常探望显龙，也常常陪显龙吃饭。李先生说：显龙如果渡过这一关，他将变得更坚强。他也说，显龙到美国医病，妹妹玮玲帮了很多忙。显龙和他妹妹的感情也是很深的。在《回忆录 1965—2000》里，李先生这样写道：“专家说，只要淋巴肿瘤5年内不再复发，那就算痊愈。我们焦虑地等着5个年头的流逝。1997年10月来了，又走了，没有不幸的事情发生。”我常常想，显龙患病的那5年里，李夫人的日子是怎样渡过的？

忘了那一年，李先生以享受10%的折扣，买了房子。媒体把这个作为滥用权力、贪污的事件，大事炒作。（其实，买新房子有10%的折扣，是很平常的事，任何人都有这样的折扣，有时折扣还可能超过10%。）我和李先生谈起这件事时，他说自己没什么，夫人可难过了。

虽然李先生的《回忆录　1965—2000》只是轻描淡写地说："对于有人指我们不当地获得折扣，芝感到愤愤不平。作为一名有40年承办产权转让业务经验的律师，她不明白为什么我们会受到指责，因为发展商在售卖房地产时给予折扣早已是惯例。"

但是，许多年之后，记得是2002年，香港电台到新加坡拍摄《海外杰出华人系列——李光耀》，在片集中，访问了李夫人，她说："没有做坏事，人家都要说你"。

对于一个自律甚严的人，买房子这件事是如何深深地铭刻在她的心里！

李夫人待人谦和，毫无架子，是个相夫的贤妻，爱子女的慈母，又自律甚严。这是我印象中的李夫人。

这篇文章，2008年7月间我曾传给资政看，他回电邮说：这是对她真实和诚恳的叙述。资政说的"真实和诚恳"，就是我和人相处的态度。

十四

李资政和总理

吴作栋总理在任期间，资政要和他讨论事情，大多数时候，是通过秘书，查询总理是否有空，约好了再走过去见吴总理。这样的事，有好几回就发生在我们上课的时候。如果时间还早，资政觉得讨论不会太久，就要我在办公室里等他回来。不然，我们的课就停止，让他去见总理。

记得有一次，是吴总理走过来见资政的。他过来之前，通知了资政的秘书，当时我们正在上课。我在吴总理到来之前离开。

吴总理还没上任之前，资政就为他的华文进步得很慢操心，要我去见他。当时吴总理的办公室在植物园对面。我看了吴总理的教材之后，发现教材内容经常更换，从政治、经济到文化、教育，交通意外，无所不包。教材内容不同，所用的词汇也就不同了。学过的旧词汇还没内化下来，成为学习者的词汇，就再学习新的，不但增加学习者的负担，也造成所学的词汇没有办法巩固下来，浪费了学习者的时间，因此建议他更换华文教师。

我向他推荐了当时在教育部担任华文第二语文的专科视学官潘文光先生。潘先生曾经在澳大利亚任教几年，了解华文作为第二语言的学习者所面对的困难。他就这样长期地担任吴总理的华文教师至今。潘先生和吴总理建立了很好的关系。

我当时没有答应担任吴总理的华文教师，是因为我就要学术休假，到美国和中国的大学研究、访问。

李显龙继任总理之后，资政怎样和他相处，在资政的新书《新加坡赖以生存的硬道理》里已经说了，他把公私分得非常清楚。资政强调："如果我有重要的事情和他面谈，一定是我去见他，不是他来见我……我不是以一个父亲的身份跟他说话，而是以一个部长的身份跟总理说话……"

但作为父亲，资政以有这样的孩子感到无比的骄傲。显龙决定从英国回来，放弃研究数学的学术道路，资政感到非常欣慰和赞赏。资政也提起显龙未当总理之前，很多政府重要决策的发布，都是他的手笔。他给了吴总理非常大的协助。

2004 年 8 月 23 日晚上，我听完了李显龙总理的国庆演讲，隔天清早就给资政发了电邮：

昨晚在电视上听了总理的演讲，觉得他表现得非常出色，非常淋漓尽致。一些动作里，我看见了您的影子。您和夫人一定觉得非常宽慰。总理的演讲非常亲民，关于中国台湾的问题，也说得非常得体。

从总理的表现看来，我非常有信心，他能够将新加坡带进新的高峰。我为新加坡有这样的领袖庆幸，也为您和夫人有这样的孩子高兴。

资政当天给我回了电邮，说：

感谢你的支持和对我孩子的称赞。我希望其他的新加坡人也和你一样，对他和对新加坡的前景有信心。我和我太太都为我们培养了这样一个正直、有同情心、愿意为国民献身的孩子感到骄傲。

资政和吴总理合拍的照片，我最喜欢的是资政拿着雨伞给吴总理遮雨的这一张

资政和显龙合拍的照片，我最喜欢的是显龙宣誓就职为总理之后，资政向他恭贺的这一张

十五

李资政退出内阁

2011年5月14日黄昏，李资政和吴作栋资政退出内阁的消息，由电视媒体正式宣布了。《新报》向60名年龄为21—35岁的年轻国人展开调查，结果显示，44人认为两位资政还能作出许多贡献，不应该现在退出内阁。其余的16人认为，他们俩的领导作风已经过时，应该让位给年轻人。对于他们两位退出内阁，我心里充满了无限的不舍。

15日上午，我给资政发了电邮，说：

我对您决定离开内阁，万分不舍。我不相信，这是您时代的结束。您一定会继续关心新加坡，这是您塑造的国家。希望您好好保重。

资政10点50分就给我回电邮，说：

我的老朋友:

我们已进入新的时代。年轻一代要求改变。他们要改变国会议席几乎全部由行动党议员占据这种情况,他们希望让反对党在国会里占有相当数量的议席。

选民态度的这种改变,我想最好由年轻的部长来应对。你和我这一辈的人,都记得新加坡在50年代和60年代的情况是怎样的。但是,像我们这样的人,已经变成少数。年轻的部长比较能够体会新一代选民的情绪,回应他们的诉求。

谢谢你多年来忠诚真挚的友谊。这句话,我可以用华语来表达;但是,要用汉语拼音把这句话打出来,却有点困难。因此,只好用英文来回答你的电邮。

谢谢你多年来的指导,我的华文的程度足以让我看懂你的电邮,不会觉得有什么困难。

——陈照明教授翻译

《联合早报》5月16日的社论以“拿得起放得下的大智大勇”为题做了评论,但却不能充分表达我这一代人在情感上对李资政的不舍和感恩。

资政对报界的谈话说:“我和吴资政都认为这么做是正确的,可让总理和他的团队有空间摆脱过去,而我们也要让人们清楚地知道人民行动党从未抗拒改变。这是必要而且很重要的,以免国人为了有更多的反对党,而投票支持反对党。”

如果结合资政在《新加坡赖以生存的硬道理》一书中说的："新加坡是建在一个沼泽地的一栋 80 层楼高的建筑"。新加坡人民应该更能体味他爱护新加坡的心情。

资政已经高龄，在痛失夫人之后，心灵的承担是重大的。现在为了"显示政府的运作方式和过去的不一样，而总理可以，并且也会根据新的局势修订和改进政策"而毅然退出内阁。我心中除了沉重，无限的不舍之外，更增加了对他的崇敬。

十六

关于《我一生的挑战——新加坡双语之路》的一些细节

一、成书的细节

李资政的《我一生的挑战——新加坡双语之路》是他写了英文稿，再由《联合早报》的一组编辑人员补充了很多资料，之后再由相关的教育部官员，以及几位和双语教育有关的人士，预先阅读过并提出修改意见。我也是在出版之前阅读过全书的读者之一，并且对一些篇章提出了修改建议。

《联合早报》负责这本书的朋友给我的电邮说：

注意到你修改的部分。我这边先作相应的修改。南洋大学一章比较敏感，所以基本是根据资政自己审改过的英文版本。其他章，华英版的内容重点各有不同，不过英文版本基本上是根据华文初稿的材料去改写的。

同意你给资政的评语，这本书可以在很大程度上消除人们以为资政要消灭华文教育的看法。当然还是会有些死硬派始终不愿意接受历史事实，尤其是有关南大历史部分，马来西亚的南大校友就不容易说服。

我看完了初稿后，在 2011 年 8 月 18 日给资政发了电邮，我也将这封电邮转发给《联合早报》负责这本书的朋友。这就是上面《联合早报》朋友所说的评语。电邮全文如下：

李先生：

您的书是一本重要的书，意义如下：

一、给我们的双语教育，尤其是华文教学，做了非常详细的交代。一些人的误解，以为您要消灭华文，应该可以消除。

二、对“双语教育是建国以及国家将来发展的基石”，在理智和感情上都说明了。

三、南大问题的交代，也比以前详细。

二、这本书的资料

这本书里的许多细节以及资料，都是《联合早报》的这组编辑人员提供和补充的。李先生在书的“致谢”里也说明了。这就使得这本书和李先生以往的著作不同：资政写的英文稿翻译成中文之后，《联合早报》的人员再补充资料，就成了中文稿。英文本是根据中文稿选择性地翻译而成的。

比如书里说“陈六使虽然把自己表现成一个捍卫中华语言文化的人，但他 11 个儿子和 3 个女儿，大多数都在英校求学。”英文本里说“He sent all his children to English-language schools.”英文本是“all”，中文本却用了“大多数”。这就是选择性地翻译所带出来的差异。

其实，陈六使儿女就读英校的事，是我向李先生提及的。在《人生记忆——一个华文教学者的回忆》一书里，我说：

> 新加坡独立建国，40 年内发展成为发达国家，一个小国而有大国的影响力，让我们每一个新加坡人都以出生为新加坡人而感到无比骄傲。和这个成就相比，陈六使的贡献，显然是微乎其微的。可是，如果没有南洋大学，当时求学无门的华校高中毕业生前途将如何呢？特别是那些英文不好的华校生，能有今天的成

就吗？许多华文程度高的人才，今天能在我国，做出贡献吗？华文能在新加坡社会扎下根，像我这样的人，能有信心地和中国台湾和香港以及世界各地的华文语言文化研究者交流，这都跟南洋大学有关系，更和陈六使当时倡议成立南洋大学有关系……尽管后来在中华语言文化中心成立陈六使教授基金时，陈六使的孩子坐在我旁边，连一句华语都不会说，他们兄妹之间是用闽南话和英语沟通的。这让我非常惊愕：原来在鼓吹爱护华文的年代，华社领袖早就把自己的孩子送进了英校，却鼓励别人把孩子送进华校。华社领袖这种言行不一致的例子太多了。[1]

所以资政的书里才会有下面的一段：

华文大学需要来自华文小学和华文中学的学生作为生源。但是当陈六使，这位以捍卫中华文化自居的英雄也把自己的孩子送去英校读书的时候，南大还有什么希望？

华社领袖一方面捍卫华语华文，一方面把自己的孩子送去英校读书，孩子长大了连一句华语也不会说的做法，言行不一致，是我看不起的。[2]

---

1 周清海：《人生记忆——一个华文教学者的回忆》，世界科技出版公司，2011 年，第 44—45 页。

2 李光耀：《我一生的挑战——新加坡双语之路》，第 71 页。

但是，我并不知道陈六使先生有几个孩子，当然资政也不知道。“他 11 个儿子和 3 个女儿，大多数都在英校求学”的说法，就是由《联合早报》的编辑人员找出来的补充资料。

马来西亚一些不知情的人士做了如下的评论：

“他揭露陈六使有十一个儿子和三个女儿，当中大多数在英校求学；陈六使承诺捐 500 万给南大，但却还拖欠 250 万。陈六使已过世了 39 年，为什么李光耀对他仍如此怨恨，在 88 岁高龄仍要出书对他穷追猛打？”

“陈六使当年为什么没有把他的儿子送入华校，这其中的因由，须由其后人解释，才能说清楚。但据一位南大老校友告诉我，陈六使至少有两个孙子曾就读南大，其中一位孙女，还是和他同届的毕业生。这证明，陈六使并非讲一套做一套的伪华教斗士。”“至少有两位孙子”和“大多数都在英校求学”反映的是同样的事实。

无论是“陈六使至少有两位孙子曾就读南大”，还是全部都在英校，都说明了华社领袖是看到了英文的重要性，但却没有在华文教育上作出相应的调整，牺牲了就读于华校的一大批学生，表现了他们眼光短浅，不能应变。这就是导致华校生被边缘化以及南洋大学关闭的主要原因。

十七

双语教育与双语并用教学法

2009 年 11 月 27 日，资政的私人首席秘书给我电邮，征求我对于将华文课程分为三种课程（高级华文、中级华文和普通华文）的意见。所谓的“普通华文”是指：

“对于出身于英语家庭的学生来说，华语更像是外语。这种华文课程，应该注重听、说和阅读。应该有一批受过特别训练的教育工作者，用双语教学法，计算机科技来教导他们，让他们的学习更有效果，同时保持他们学习华文的兴趣。从趋势来看，这类的学生会越来越多。”

从这个电邮来看，现在所谓的“双语并用教华文”，就是针对“英语家庭的学生”，而不是所有的学生；而担任这类课程的教师，必须经过特别的培训，而不是针对一般的教师。这是“双语并用教华文”的重点所在。

在处理“普通华文”这类课程以及培训教师方面，都必须牢牢掌握上面这两个重点。任何无限制地扩大“双语并用教华文”，对新加坡的华文教学，恐怕都是不利的。我们只根据统计数字，而得到“说英语的家庭”越来越多的结论，恐怕也是不全面的。这些“说英语的家庭”里头，有很多是说双语的。孩子的父母都是在我们双语教育制度下长大的，只是他们最有把握的语言是英语，并不是他们听不懂华语。我们的社会也是一个双语的社会，处处提供接触和应用双语的机会。华族孩子在新加坡学习华文，和华族孩子在美国学习华文是完全不同的。

在处理华文教学时，这也是应该时时注意的。过度地夸大“脱华入英”，过分地强调对这些学生“华语更像是外语”，恐怕不是现在新加坡语言应用的全貌。

更有人强调，对这些学生“华语更像是外语”，因此，文化的成分应该减少，甚至放弃。教华文只是教语言。这更是我所不能同意的。

李资政的《我一生的挑战——新加坡双语之路》一书里，“双语并用教华文”[1]一节原稿是这样叙述的：

我从前的华文老师吴英成博士是“双语并用教华文”试验计划的学术顾问。他注意到新加坡讲英语家庭的学生，一出生听到

1 李光耀：《我一生的挑战——新加坡双语之路》，《联合早报》，2011年，第206页。

的都是英语，开口讲的第一句话也是英语，英语就是他们的第一语言。（根据他的‘语言习得理论’，第二语文的初学者都必须经过第一语文词汇联结的‘中介’过程，第二语文必须借助第一语文来掌握概念，这是华校生初学英文，必须借助华文，而英校生初学华文，也必须借助英文的原因。）如果教第二语文，不准使用第一语文，叫儿童停止用第一语文思考，这是不可能的。学第二语文必然受到第一语文影响，所以我们的态度是积极和灵活处理，而不是排斥和压抑英文。

资政的原稿有上面括弧里的一段话。我建议把那一段话删掉，资政同意了。我告诉资政这是普通常识，不是特殊的“语言习得理论”。任何人先学会一种语言，再去学习另外一种语言时，必然会或多或少地以先学的语言为工具。父母教孩子新的语言，必然会以实物解释新学的词汇，或者以孩子先学会的语言作为解释的工具。我们从说方言到说华语，也经过这个过渡。但用学生最有把握的语言作为工具，去解释新学语言的词汇或者句子，是在帮助学生了解新学的词语。这样的做法，应该注意避免剥夺学生应用所学语言的机会。华文课堂里，就是在学习听说华语，用华语阅读和表达，不能让英语的应用占据太多的时间。

“双语并用教华文”的结论，原稿说：“我们认为既然用双语教华文对来自英语家庭的学生，已被证明有效，这个教学法就应该考虑推广到全国小学去。”对这段文字，我认为说得不够明确，容易被误解，而被毫无原则地、无限制地推广。因此，建议资政修改。现在改为:“用双语教华文既然对来自英语家庭的学生，已证明有效，我们就应该适当地采用这个教学法。”

李先生是政治家，他是政策的制定者，却不是语言或者语言教学的研究人员。我们作为语言教育的从业员，对李先生提供的意见，不能过于标新立异。国立教育学院的前同事陈照明先生，给我电邮说了下面的意见:

(1)“双语并用教华文”的“理论”根据的是几位外国专家关于“成年人”学习二语的研究。但在新加坡，我们的学生是从小学一年级便开始学习“华语”。即使我们勉强把“华语”看成“二语”或者“外语”，也不能照搬那几位外国专家的理论。

(2) 据我理解，在20世纪70年代以前，新加坡的小孩子可以同时学习几种语言，根本不需要通过“第一语言”来学习“第二语言”。

(3) 据神经语言学的研究，5岁以前儿童学习第二语言的神经机制与学习第一语言的神经机制没有明显不同。到了成年，才产生变化。换言之，儿童学习第二语言，其实不必通过第一语言。

(4) 在肯定其“双语并用教学法”的“成果”时，总是说这教学法“受欢迎”，激活了“课堂气氛”。但我认为教学法的成败，应从学习结果来判断。

(5) 过早使用英语辅助华文教学，只会提前加强学生对英语的依赖性，使他们日后学习华语更加困难。

(6) 用英语辅助华文教学，不是不可，但必须有原则有规划。可根据提倡者已发表过的论文看来，根本没有具体的规划。

(7) 这个教学法的提倡者说“双语并用教学法”适合小一到小三。小学四年级后便要少用英语。我的看法跟他相反：我认为，到了小学高年级或中学，学生的英文水平已经远远超华文水平，而心智已经相当成熟，我们才更需要借助英语来辅助华文教学，丰富华文教材的内容。

总之，我认为在小一开始便毫无原则地用英语来“辅助”华文教学，是短视的做法，长远来说，弊多于利。至于在小四以后少用“英语”的说法，恐怕也很不妥。

陈照明先生是我所见过的真正的双语人才。在国立教育学院中文系里，没有哪个同事能有他那样的双语修养。他的中英文都很地道，古文和中华文学也造诣很深。他提出上面的意见，我以为是非常中肯的。

针对双语教育以及“双语并用教华文”的事，我在 2011 年 9 月 28 用书面向李资政提出了下面的看法：

新加坡的双语教育是成功的，没有双语政策，就没有今天的新加坡。但双语教育下的华文教学目前仍旧面临三大问题：

一、华文师资的问题。过去的华文师资具有比较好的华文文化和语言基础，当中有不少华文作家、学者。这些华文教师是在50%—60%的全国学生的基础上产生的。无论智慧、语言、文化修养，都相当高，但大部分英文很差。

现在的华文师资普遍具有双语能力，但华语的语言文化能力却有待提高。

二、华文课程的问题。学生的家庭语言背景影响语言的学习。1971年，我曾建议对具有方言背景的学生和没有方言背景的学生分开教学，用不同的课本、不同的教学方法。[1]现在我们基本上做到了，华文课程分为：高级华文、华文、华文B以及供非华族学生选修的华文（特别课程）。

怎样让这些华文课程更有针对性，符合学生的能力，是目前应该重点考虑的。

三、华文教学法问题。“因材施教”是强调根据学习者的程度和需要，采取适当的教学方法。因此，没有一套教学方法是绝对好的。引用“黑猫”和“白猫”的说法，只要能引起学习兴趣，达到学习目的的方法，就是好方法。

双语并用教学华文，通过现代科技教学华文，用戏剧表演教学华文，通过唱流行歌曲教学华文，或者通过诗歌朗诵教学华

1 见周清海《中国语文散论》，新加坡世界书局，1973年，第111—116页。文章发表于1971年11月9日的《星洲日报》文化副刊。

文等等，只要用得适当，都是好方法。任何一种方法，都有优点，也都有缺点。

所以，不应该不顾学生的语言背景、学习兴趣，过分地强调一种方法；应该尊重教师的专业判断，提供不同的教学方法，让他们选择。

通过自己熟悉的语言去学习另外一种语言，是语言学习者的普遍经验，这是有效果的，但也有局限性。这有助于阅读理解，可以提高阅读理解的效果，有助于从上下文理解词义，但对培养应用语文的能力帮助不大。过去，华校通过华语教学英语，结果是华校毕业生只有看、写和听英语的能力，没有说英语的能力。现在，中国的学生学英语，英语说得不流利，听的能力也比较差，和中国的中小学用华语教英语有密切的关系。

教非华族学生华语，一定要通过英语。教 CLB 课程[1]，也必须通过英语。但英语的应用，必须在必要的时候。教华语时，多用英语，就减少华语的应用机会。过多地、没有必要地用英语教学华文，对学说、学听华语是没有帮助的。因此，我建议语文课本增加英语的说明部分。课本里加上英语的注释，20 世纪 80 年代就已经开始做了。

现在，年轻的华文教师在必要时用英语解释华文生词，是普遍的现象，就像用图画告诉学生什么是“乌龟”，改用英语，也一

1 “CLB”课程指“华文 B 课程”，是为华文水平极差的华裔学生提供的华文选修课程。

样。重要的是见到“乌龟”，会用华语说“乌龟”。英语翻译有助于从上下文理解词义，但对培养华语文的应用能力帮助不大。我们应该研究的是通过英文学习华文，到了哪个年级可以逐渐减少，就像不必用拐杖而能走路一样。

至于高级华文以及华文，应视需要，适当增加英语的说明，让两种语文之间，多增加一些联系，这是可行的。只要华文的书写仍旧用方块汉字，认写汉字便是必要的。没有认写的基础，连计算机选字都成问题。只培养会说华语的“文盲”，恐怕不应该是我们双语教育的最终目标。

您的书，让我们看到您从决策者的高度，妥善地处理语言问题。这不只保证了新加坡的成功，也为新加坡将来的发展奠定了基石。新加坡在短短的四五十年内改变了社会用语，建立了双语教育制度，这些经验都值得世界借鉴和汲取的。观察今后的双语教育的走向，人民语言态度的转变，以及语言教学方法的研究等等，都需要教育部和大专机构的关心和注意。怎样在过去的基础上，往前看，往前发展，更是新加坡人应该关心和思考的。

我认为，今后我们有必要做几件事：一、定期举办国际性的双语教育研讨会，总结我们的经验，加强和世界研究双语的教育机构的联系。二、成立双语研究中心，长期观察、研究今后我国的双语教育走向，人民语言态度的转变，语言教学方法以及语言的比较等等。过去几次的华文教学检讨委员会曾经面对研究资料缺乏而需要委托私人调查研究机构临时进行调查研究，这样的局面就可以避免。三、设立双语研究基金，以鼓励双语的语言研究和教学研究。

新加坡的双语教育涉及各种问题，不是单靠教学法就能解决的。过分地夸大教学法的作用，尤其是单一的教学法的作用，对新加坡的华文教学的发展是不利的。

新加坡华文教学里的文化成分，更是不可放弃的，“弃文化化”是不可提倡的。掌管宏文学校长达14年的胡春河校长退休时接受《联合早报》的专访时说：“学习母语不只是为了学习多一种语言以有多一对眼睛、多一双耳朵。更重要的层面是价值观。如果一个人连自己的母语都可以抛掉，还有什么是不能抛掉的？”

如果新加坡的华文教学成为外语教学，那是可悲的。从母语教学的角度看，语言能力的问题和文化的问题，是同等重要的。主张将新加坡的华文教学向外语教学的方向推进，我认为这是非常危险的，这是在制造新型的海峡华人。旧的海峡华人说的是马来西亚语和闽南语混杂的语言（峇峇语），人数也少。如果新加坡华人的语文认同转变了，所制造的将是大批以新加坡英语为主的新型的海峡华人。将华文教学向外语教学的方向推进，会让语文认同消失，也让民族逐渐消解。

附　录

附录一
李资政在第一届世界华文教学研讨会上的开幕词

《世界华文教学研讨会论文集》
（新加坡华文研究会编印，1990）

新加坡共和国总理　李光耀先生
开幕致辞

华人对华文总有一种自豪感，而外国人对华文却感到好奇和着迷。汉字具有超过3000年的历史，是世界上最古老的活文字。虽然汉语在中国各地使用，无论是口音和发音都有很大的差别，但书写起来还是同一种语文。

口语上，华文最突出的特点是文法和句子结构都非常简单，但书写却用象形和表意文字。中国决定通过简化汉字来解决这些难题。他们减少汉字的笔画，利用汉字部分表音的结构进一步简化汉字。不过，这些方法都不能把汉字变成拼音文字。在 20 世纪 50 年代，中国语文专家一定考虑过拼音化的问题。不过，他们所得到的结论是：华文有太多的同音字，拼音化以后不容易被人了解。同时，文字拼音化也意味着和过去 3000 多年的历史脱离关系。

语言的发展，最先是讲。经过了一段时间后，才有用来书写和阅读的文字。世界上大部分的语文，都有音节或音标文字，却没有象形或表意文字。这些语文都比较容易阅读和书写。反过来看汉字，它的字形和读音，都必须强记。因此，学习华文必须经过两个过程：首先是记住单字的读音，然后记住代表这个读音的表意字，而许多汉字却又常常有相同的读音。

世界上另外还有三个国家也采用汉字。那就是日本、韩国和越南。从 20 年代起，越南就放弃了汉字，采用罗马字母。韩国人把报章使用的汉字限制在 1000 个。韩国学生所学的汉字，到九年级时是 300 个，到十二年级时是 1000 个。日本报章使用 2111 个汉字。日本学生所学的汉字，到九年级时是 996 个，到十二年级时是 1945 个。尽管使用汉字，日本和韩国都能够进行现代化。到目前为止，在这个电脑时代里，这两个国家还没有碰到什么大困难。这也许是因为日文有片假名和平假名，而韩文也有本身的字母。可是，华文却没有这种有利的因素。

对新加坡人来说，华文是一个特殊的难题。新加坡的华人，由于情感上和文化上的需要，将会而且必须继续使用自己的语言来交谈、阅读和书写。这是认清自己民族特性和自尊的基本需要。特别是在这个由英语和美国文化通过印刷品和电子媒介所支配的世界里，这种需要特别强烈。我们必须确保华文继续生存，成为新加坡社会的一部分。虽然从1910年以来，新加坡的学校在这70多年里都教导华语，但是，7种主要华人方言却一直是华人的家庭用语。如果学生在学校里只学华语，家庭的方言用语就不成问题。可是，学生除了学华语外，还必须学英语。这样一来，那些在家里讲方言的学生，除非聪明过人，不然，要同时掌握两种语文，就是一个巨大的负担。

结果，学生将只懂得英语和方言，福建话将逐渐成为主要的方言。因此，我们认真地努力，使华语取代方言，使华、英双语政策成功。我们的努力已经见效了。再过10年，华语将取代方言，成为华人的社交用语。到时，华语将达到一个有效的水准，新加坡的华人在社交和文化交流方面都能用华语沟通，报刊、书籍、电台和电视台也能保持良好的华文水准。

老一辈的人很多是传统华校出身的。他们在学校念书时，华文是第一语文，也是唯一的语文。他们对学校降低华文程度感到遗憾。但是，我们必须实事求是。我们所希望达到的程度，必须是大部分而不是小部分学生所能达到的。当然，绝顶聪明的学生有能力同时掌握华、英文，达到第一语文的水准。但是，如果只有一小部分聪明的学生能做到这一点，我们的双语政策（华、英文）将会失败。事实上，新加坡的华文程度是不可能和中国大陆、中国台湾、中国香港一样高，因为在它们的社会里，华文是主要或是唯一的语文。

假如一般人都可能同样有效地掌握两种语文，那就不会有魁北克（法语和英语）或比利时（法语和佛兰芒语）的语文问题了。如果加拿大人和比利时人在处理两种工作语文时遇到困难，而这两种语文同样是使用罗马字母的欧洲语文，那么，我们对华、英这两种在学校里教导的、全无关系的语文，要求就必须是实际的。在香港，小学一年级到六年级是以广东话教学，因此，学生在英文中学念了 4 年后，说和写基本英文句子还是感到困难。

为了谋生，新加坡人必须掌握英文。华文方面，他们可以先打好一个基础，在必要时，可以在这个基础上增加词汇，加强运用能力。

华文作为第二语文，到了小学六年级，我们的学生必须懂得 1800 个汉字。到了中四普通水准时，必须懂得 3000 个汉字。一些资质中上的学生觉得学华文相当吃力。这也许是他们在心理上对华文反感。华文也可能不是他们的家庭用语，而家长的态度又进一步加强了他们的反感。更糟的是，他们不相信学习华文会有什么用处。我们必须帮助这些学生和家长克服心理上的障碍。我们必须尽量减少这些具有心理障碍的人数。我们不应该对他们采取漠不关心或是置之不理的态度，使他们的问题更严重。不过，我们也不能因为一小部分的人觉得华文难学，便放弃双语政策。

有些学生由于情况特殊而获准免修第二语文。例如，他们的父母被调派到外国工作，他们在外国受教育，因此很多年没有机会学习华文。可是，如果我们放弃双语政策，我们就必须准备付出巨大的代价，使自己沦落成为一个丧失自身文化特性的民族。我们一旦失去了这种情感上和文化上的稳定因素，我们就不再是一个充满自豪的独特社会。相反地，我们将成为一个伪西方社会，脱离了我们亚洲人的背景。

凡是有能力，而且又愿意学习华文作为第一语文的孩子，可以在特选的中、小学校，也可以在初级学院开办的语文选修班选修华文第一语文。一些学生可以继续在新加坡国立大学进修华文。有了这些计划，我们将能培养一批精通华文第一语文的学生，并且确保这批人能扮演教师、翻译员、外交官和商人等重要角色，通过报章、电视等途径，把华文传授给下一代。这些人将协助保留华文，使华文在新加坡社会里、文化里充满活力，成为不可缺少的一部分。

新加坡共和国总理　李光耀先生
献　辞

长久以来，华文总是有一种吸引力，使外国人深感兴趣。

3000年以来，汉字一直保持不变，不论是刻在石头上、竹片上、木板上或写在纸上。不过，如果要许多外国学生不单是因为学术上的兴趣而修读华文，就要看中国是否能配合世界的贸易与科技发展的需要而定。

随着中国的现代化，越来越多的人会学习华文。今天从事华文教学工作的人士，正在为二三十年后一个工业大国的出现做好准备。

* “世界华文教学研讨会”由新加坡华文研究会主办，于1989年12月26日在区域语言中心举行。25日在莱佛士城举行开幕礼。

附录二

李资政在北京人民大会堂《全球华语词典》发布礼上的讲话

语言是不断发展变化的。其中词汇变动最快、最大，确立标准也最难。各地华语和现代汉语，词汇差别比较大。

我们新加坡的华语，没有普通话的口语基础，也没有受到普通话的直接影响。我们过去所接触的书面语，是 1949 年以前的书面语。再加上受到英语、马来西亚语和方言的影响，新加坡的华语，无论口语或书面语，都有自己的特色。

“自行车”我们叫“脚踏车”，“出租车”叫“德士”，“市场”叫“巴刹”。要新加坡人突然间改变说法，听起来不舒服、不习惯。

新加坡人常用的“今年几岁？”对年纪大的人也是这么问。虽然，我们知道“几”是问 10 以内的数目。我们的用法，中国人听起来不习惯。

我们的“组屋”，其他地区的华人可能误以为是“祖屋”。“客工”“乐龄”“白象”等等，都是新加坡华语的词汇。

可见，在交流中，词汇是比较关键的。以沟通和查考为主的《全球华语词典》可以更好地为各华语区之间的交往服务。

语言应用上，必须有一个大家都能接受的标准。新加坡的华语尽量向普通话靠拢，和普通话保持密切的关系，因为我们知道华语的发展与应用的前景，不是由我们决定的。所以，我们接受了简体字、汉语拼音；也接受了中国的语言规范。

如果将新加坡、中国香港和中国台湾这三个大都会的华语和普通话比较，相信新加坡的华语，是最接近普通话的。但是，我们没有因为这样而失去新加坡人的特点。

因为了解交流的需要，也了解语言需要有一个大家能接受的标准，1999 年，周清海教授才有编纂《全球华语词典》的提议。他的提议，得到各地学者的支持，可见中国改革开放之后，大家都有这个需要。

现在的《全球华语词典》只收各地华语有差别的词汇，没有收共同的词汇。希望中国教育部和商务印书馆能在《全球华语词典》的基础上，编成“全球华语大词典”，将华语里共同的词汇都收进来。当这样的大词典出版时，就代表了全球华人的智慧，也表现了语言的和谐。

附录三

李光耀内阁资政致周清海教授贺词[1]

李先生在2006年8月28日写好了贺词，并给我发电邮说："这是我给你65岁生日研讨会的祝贺初稿。如果觉得有任何令你不安的，请让我知道。我要借这个机会强调在新加坡维持说华语的大环境以及在报刊、播音、电视、互联网用华文，更重要的是，培养人才在大学、工艺学院和高素质的学校任教。这些，你知道是不容易的，因为其他更有吸引力的职业以及英文媒体在吸引着英文大专毕业生。"

看了李先生的这段电邮，我不由得想起李炯才先生在香港电台拍摄的《海外杰出华人系列——李光耀》的片集中说的：李先生是唯一的一个人，天天想着新加坡的问题。

1　这是2006年9月2日举行的"华语论坛暨桃李聚会"，并为我庆祝65岁生日，李资政为我写的贺词。翻译是经过吴元华先生修改的。这篇贺词曾收录在《人生记忆——一个华文教学者的回忆》里。这次在贺词前补上了李先生给我的电邮，再一次全文收录。

从 1972 年开始，我就每周跟周清海教授见面一次，除非他或我出国去。在这两小时的会面期间，我们进行会话，朗读他细心为我准备的教材，改进我的华语会话能力，扩大我阅读和谈话课题的词汇量，同时教我说较地道的华语。由于我早年和后期自修华语，当我讲华语时，总是不自觉地从英文句子转译成华语。因此我说的华语带有英文句式，常常词不达意。周教授帮我改正语病，引导我说较规范的华语；同时，他也教我使用正确的副词和连接词。

40 年前，新加坡推行了一个具有前瞻性，但却不讨好的双语教育政策。我们以英文为第一语文，母语为第二语文。对华族学生而言，他们的第二语文是华文，而不是各种籍贯的方言，比如福建话、潮州话、广东话、客家话或海南话。因此，事实上当年的华族学生一入学就得学习两种外语，这是相当艰难的学习任务。不过，我们到底培养出一代能够掌握英语，并且也能说华语的年轻人，尽管他们的双语水平没有达到人们预期的程度。

新加坡需要一群华文能力较强的学者、教师和媒体工作者。在英文作为第一语文的中小学校，一群富有献身精神，能够激发学生学习兴趣的华文教师是尤其不可或缺的。如今，很少人的华文水平能达到 20 世纪 80 年代当华文是第一语文时的水平。这是办不到的。我们必须意识到，英文是我们的工作用语，掌握了这种语文才能获得好的工作。但无论如何，我们成功地维持了一个说华语的环境，虽然水平较低些。此外，我们还有素质良好的平面和电子华文媒体；在一小批热心者的支持下，中华艺术、音乐和书法活动也朝气蓬勃。

让我们跟中国大陆和中国台湾做个比较，以说明我国双语政策的可观成果。两岸也要它们的人民掌握以华文为第一语文、英文为第二语文的双语能力。不过，至今它们只在城市学校里教导一些学生学基本英文，以及在大学里教导一些学生程度稍高的英文，而且学生的读写能力往往比听说能力强；只有少数人能够说流利的英语，原因是中国大陆和中国台湾的人民从来就没有讲英语的环境。假如新加坡原本就没有讲华语的环境，20 世纪 50 年代开始推行的双语政策就不可能取得成功。那个时候已经存在了一个讲英语和一个讲华语的环境。

万一我们失去这个讲华语的环境，就算并非不可能也将很难再造这样的环境。因此，我们的大学、理工学院、学校代代需要华文教师，我们也需要具备华文第一语文水平的人掌管我们的平面和电子媒体。我们必须鼓励一些最杰出和最优秀的人从事这两个行业。周教授一生致力于培训掌握高层次华文的年轻教师，而这些年轻教师的华文能力和热忱是教导下一代说和读华语文的重要条件。新加坡社会说英语的社群正在扩大，而说华语的社群也在扩大，虽然他们的华语水平一般。在媒体行业里能够以高层次华语进行沟通的人数逐渐减少。这也是难以避免的，因为在大学和理工学院只有少数人学习华文。在工作场所，除了华文媒体外，人们都只使用英文。

我们必须在日常生活中和在公共场合讲华语，以便全体新加坡华人都生活在讲华语的环境中。我们也必须努力促使 3%（可能的话 5%）的华族双语者掌握高层次的华文能力，以便到中国做生意，以及为在新加坡营业的中国公司服务。最困难的挑战是培养掌握高级华文的那 0.1% 去培训华文教师。他们是新加坡华语文的监护人。他们的任务是发扬华语文并传授给下一代。但我们面对的问题是，大多数最杰出和最优秀的学生不选华文教学为职业。周清海教授是华语文教学的先驱，可惜很少人愿意步他的后尘。他是在新加坡老华校育英中学和南洋大学接受纯粹华文的教育，接着他考获香港中文大学的硕士学位和新加坡国立大学的博士学位。数十年来，他春风化雨，桃李满天下，培训了数以千计的华文教师，让华文得以薪火相传，使华语文成为新加坡人生活的一部分。

将来的中文系主任不可能在华校受过 12 年的华文教育，然后在像南洋大学那样的学府的中文系深造过。因此，从小接受双语教育的年轻华文学者与周教授的双语能力并不相同。身为新加坡华语文的监护人，新一代的华语文教授和教师应努力使自己在中华语文与文学方面达到很高的水平。

周教授有个比后进的华语文教授难得的优势是：他了解学习两种语文的困难和局限。30 年来，我们定时会面，已经成了朋友了。20 年前，我和他谈起孩子的阅读习惯。我说我的孩子升上“A”水准之后，因为功课繁重就不再阅读华文报纸，只阅读英文报纸。当时周教授却很有把握地认为，他的孩子会继续阅读华文报纸。可是当他的孩子升上“A”水准之后，为了在其他科目取得良好成绩，也放弃阅读华文报章。周教授清楚地知道他们的华文水平是很高的，但是英文是他们接受大学教育的主要语言，到海外留学更是如此。今后在大学，特别是国立教育学院，任教的华文教师，只有完全了解语言学习的局限，我们的双语政策才有望成功。

我谨祝贺我的朋友周清海教授 65 岁生日快乐，祝愿他健康、快乐。

“华语论坛暨桃李聚会”的晚宴上，安排了我切生日蛋糕。出席的教育部部长尚达曼、教育部长官、海外学者、同事们、老师们都为我高唱生日歌。我是非常感动的，为华文尽心尽力，在那一刻间好像都得到了回报。我也不由得想起老朋友李宇明司长的歌词：“两袖清风净化着天地山水，万卷诗书蕴含着潇洒的满足。”

附录四

周清海著《人生记忆——一个华文教学者的回忆》序言

从1975年开始，我就定期会见周清海老师，36年风雨不改。周老师教我华文，早期是每星期3—4次，后来改为每星期1次。

在我眼中，周清海老师是一个绝对诚实、正直，值得尊敬和信赖的人。他的自传反映了他的品德——实话实说，从不自我炫耀。

周老师受教于旧南洋大学，并到香港深造，精通中华文化。若以古典文学的文字来形容他——他堪称一位君子。

我谨此向大家推荐这本自传。

2011年4月26日

（李光耀新闻秘书杨云英翻译）

附录五

李宇明“大华语”的一面旗帜

——序周清海先生《语言选择与语文教育》

2019 年 8 月 9 日，接到周清海先生电邮，希望我为他的著作《语言选择与语文教育》写序，并且很谦虚地说：“我这辈子做的很多事，都是得到您的支持，才能完成的。”为周先生的大著写序，我作为晚辈实在不够资格，但是先生说我“支持”他做了一些事情，倒使我回忆起与先生的交往一些片段。

第一次与周先生见面是在香港。香港大学是香港较早开展普通话培训测试的。2002 年 5 月，港大与国家语委普通话培训测试中心第三次续签合作协议，并举办“普通话教育的发展与推广国际研讨会”，我应邀出席了续签仪式和研讨会。周先生也出席了会议并做报告：根据新加坡语言规划的经验，香港应处理好与英语、粤方言与普通话的关系；就香港推广普通话来说，普及比提高更重要。这个报告我记忆犹新，对香港今天的语言规划仍有借鉴意义。

不过，我仿佛也不能确定这就是第一次见面，因为周先生是我的导师邢福义先生的挚友，我很早就从邢先生那里了解到周先生的为人为学，也拜读过周先生的文章。也许此前已经见过面。周先生就是这样的一位长者，第一次见他，仿佛早就认识似的，没有生疏感，“即之也温”；见一面就熟识起来，不能忘记，仿佛是老朋友。

2002 年 11 月 27—30 日，我去新加坡参加“第二届肯特岗国际汉语语言学圆桌会议”（The Second Kent Ridge International Roundtable Conference on Chinese Linguistics）。会议由中文与东方语言信息处理学会主办，我提交的论文是《搭建中华全字符集大平台》。在会议的欢迎晚宴上，见到了周清海先生。周先生的晚宴致辞讲要开展全球华语的研究，要编写全球华语的词典，也要做语法研究。周先生致辞结束时说，这个工作需要中国带头做起来，并且还点了我的名。周先生的观点我是知道的，因为2002年6月，在庆祝《中国语文》创刊50周年的南昌大学会议上，周先生就发表过这一观点，引起许多学者的关注。当时国家语委也在考虑海外华语问题，酝酿成立海外华语的研究机构，以便了解海外华语状况，促进海外的华语教育。周先生讲完话，大家也要我致辞。我手端红酒，热切回应了周先生的提议。这便是后来“传说”的“红酒一诺”：不要轻易“喝红酒”，喝了红酒就得干好几年活。的确因为那晚宴上的一声承诺，就有了《全球华语词典》《全球华语大词典》的 14 年的编纂故事。

新加坡之行，收获颇丰。除了会议和“红酒一诺”，我还接受了新加坡“新传媒电台”记者张燕萍女士的采访，还与陆俭明先生一起到访新加坡中华总商会企业管理学院，并作了《中国的语言教育》的学术演讲。回到北京，即同陆俭明先生一起与商务印书馆周洪波先生商议华语大词典编纂事宜，得到积极响应。2002年12月30日，伴着新年的喜庆在商务印书馆召开了编纂座谈会，参会的有周洪波、郭熙、厉兵、周荐、李志江、余桂林等等。议定先从各华人社区有差异的词语编起，目的是沟通与引导；以中国大陆、中国港澳、中国台湾、日韩、东南亚和大洋洲五个地区为主，也照顾到北美和欧洲。大陆学者和各华人社区学者采取“混成编队”，每个社区的词语都有当地学者和大陆学者一同研究编写，会更为客观，更为精准。

当时根本没有预料到编写难度会如此之大，乐观地把编写时间预定为两年。其实，光筹备工作就做了两年，到2005年1月17~21日，才在暨南大学召开了“全球华语词典”编写工作会。参加会议的，记得有周清海、姚德怀、汪惠迪、田小琳、陆俭明、李如龙、周长楫、郭熙、汤志祥、贾益民、周洪波、毛永波诸位。周先生不仅永远都是那么认真地发表意见，还带来新加坡《联合早报》的记者李气虹来采访我，采访内容以“中港台新马联手编写《全球华语词典》”为题，发表在《联合早报》上。

2005年11月4—7日，南开大学、中国社会科学院语言研究所联合在天津举行首届“海峡两岸现代汉语问题学术研讨会”。周清海先生应邀与会。前几天，我与周洪波先生还在商议华语大词典编委会和顾问的事情：学术顾问希望请周清海、陆俭明、邢福义三位先生，此外，能否请李瑞环、李光耀等先生做荣誉顾问，请许嘉璐先生为词典作序，请范曾先生为词典题字。趁周先生来天津参加会议，我与洪波就到北京首都机场接他去天津。路上与他商量编委会、顾问等事，特别是邀请李光耀先生做顾问的事情。周先生很同意我们的想法，答应回去就向李光耀先生报告。这令我和洪波十分欣喜。且不久就得到了回话，李光耀先生同意担任词典的顾问。2006 年 4 月 22—24 日，在深圳大学召开《全球华语词典》词表审定会。周清海、陆俭明、姚德怀、田小琳、汪惠迪、周长楫、汤志祥、郭熙、董琨、王铁琨、李志江、江远、周洪波、刘一玲、余桂林等都参加了。这是新马、港澳、中国台湾、中国大陆四个组齐全的第一次会议，会上宣布了李光耀先生同意担任词典顾问的消息，大家都很兴奋。

这样的会议开过很多次，凡是较为重要的会议，周先生都要千里迢迢赶来参加。词典最后定名为“全球华语词典”，全国政协主席李瑞环也同意出任顾问。我与时任商务印书馆的总经理王涛先生商议，《全球华语词典》的出版座谈会应在人民大会堂举行，请李瑞环、李光耀等出席，并应该到新加坡去拜会李光耀资政。

拜会李资政的信息通过周清海先生从中沟通，竟然得到了李资政的同意。我陪同时任教育部副部长郝平出访新加坡和马来西亚，王涛和陆俭明先生专程赶往新加坡。2009 年 7 月 7 日

会见李资政之后，郝平、李宇明、王涛、张小康以及陆俭明等一起在总统府合影

上午，我接受了新加坡《联合早报》记者潘星华的采访，之后见到了周清海先生。周先生告诉了我们拜见李资政的具体安排，就带王涛、陆俭明和我去访问南洋理工大学孔子学院。下午4点多，张小康女士陪同郝平、王涛、陆俭明和我去新加坡总统府，拜会李光耀资政。

李先生同我们一一握手，用华语与我们交谈了近1个小时，主要内容是谈新加坡推广华语的意义，新加坡华语的规范与中国大陆要一致，普通话十几亿人在使用，新加坡不能再有自己的标准。他还批评有些地区就看不到这一点，标准与大陆不同，不会成功的。李资政讲华语，开始时还有些吃力，但越讲越流利。我和王涛把《全球华语词典》荣誉顾问的大红证书，恭敬地送给李资政，并邀请他出席在人民大会堂举行的“《全球华语词典》出版座谈会”。李资政很高兴担任顾问，同意去中国出席《全球华语词典》的座谈会，还谈了《全球华语词典》在华人世界的意义。李资政与大家合影留念，并把我们送出大厅。资政接见我们时，周清海先生一直坐在他的旁边，事后周先生告诉我们，他提前去

李宇明说：“资政接见我们时，周清海先生一直坐在他的旁边。”我旁边的是当时资政的首席私人秘书徐芳达先生（现任贸工部兼教育部高级政务部长）

了总统府，陪李资政熟悉了一会儿华语，因为李资政接待我们时坚持要用华语。李光耀先生的“华语观”很有学术价值和政治价值，他对《全球华语词典》的支持令人感动。

从那时起，我们便开始准备《全球华语词典》的定稿、印刷和座谈会的事情，与周清海先生也经常保持着联系。2009 年 7 月 25 日，周先生来电子邮件：“今天早报的《四方八面》，潘星华写了你。”我到网上看到了以“李宇明”为标题的文章，便发电子邮件给潘星华女士：“星华大记者：今天收到周清海教授电子邮件……我立即到网上看到了你的文章，仿佛又回到了和你交谈的场景。那是一次愉快的采访，你的专业水平和敬业精神，给我留下了极深的印象。我希望有机会在北京接待你，我们还来谈语言问题，特别是华语问题。古人有一首用‘回文’和‘顶真’技法写成的诗：‘香荷碧水动风凉，水动风凉夏日长。’倒念也是两句很美的诗：‘长日夏凉风动水，凉风动水碧荷香。’构思很巧，华文很妙。以此祝你夏日舒爽安好！李宇明　上。”潘星华记者回的电子邮件也很有意思，“宇明司长：您说得好，写文章是我的工作。找到好的写作对象，当然更要大写特写。但愿所有中国官员都能和您一样。……祝夏日清凉。星华”。由此我知道，周先生与媒体界也有很好的联系。

2010 年 5 月 17 日下午 3 点半，《全球华语词典》出版座谈会在人民大会堂举行，李光耀、李瑞环、许嘉璐等先生出席。李光耀先生用华语发言，讲了他的华语观，讲《全球华语词典》的意义。没想到在会上他还提出,《全球华语词典》的篇幅小了点，还可以编更大的词典，收更多的华语词汇。在座谈会上，清海先生、陆俭明先生作为专家代表发言。整场气氛和谐，充满书香味，充满华人情，有点过节日的感觉。我写了一首《采桑子》来表示当时的感受：

采桑子

天赐迎宾好时光，
细雨如酥，
微风送爽，
盛典欢颜大会堂。

华人华语谱华章，
好事多磨，
好曲难唱，
千日辛勤一时忘。

2010 年 5 月 19 日上午，我在商务印书馆接受新加坡电视台董素华主播的采访，这也是周先生联系的。前几天周先生就跟我谈他将在人民大会堂的发言内容，与我交换意见，并希望以后要编写华语的“语法长编”；并约定我要接受董素华主播的采访，告诉我说“董素华是马来西亚人，入籍新加坡，很漂亮的一位主播”。也就是那次采访，我讲了“红酒一诺”的故事。晚上，我和周洪波兄请周清海先生夫妇和田小琳先生聚餐，大家畅谈《全球华语词典》及其发布会的成功，且又在展望更大的华语词典。

2011 年 5 月 15 日，周洪波兄发来电邮，告知《全球华语大词典》正式列入“国家‘十二五’重大出版工程规划”项目，希望尽快启动。2011 年 8 月 8 日，华中师大汪国胜兄来访，他受邢福义先生委托，来谈《全球华语语法长编》的事情，说此项目由周清海先生策划，邢老师主持，最近申报国家社科基金。当日，我还收到外交部亚洲司的交换件，是李光耀先生的《我一生的挑战——新加坡双语之路》书稿。李光耀先生希望李瑞环先生能为书稿拟序。这些都是人民大会堂座谈会的后效应。

2011 年 9 月 14 日，收到周清海先生惠寄的《人生记忆——一个华文教学者的回忆》(世界科技出版社，2011 年 8 月版)。我给先生发邮件:“清海先生:《人生记忆——一个华文教学者的回忆》收到。中午不愿休息，伴着书香就读起来。虽是秋寒时节，但如沐春风。文如其人，娓娓道来。《我和〈全球华语辞典〉》，写得很有激情。《我的学生》，写得有情谊、有分寸、有雅量。通过书中记述的人和事，可以从一个侧面更加深入地了解新加坡的华文教育。李光耀先生对您的评价，我在与您的接触中，在您的著作中，都感受到了。《人生记忆——一个华文教学者的回忆》，真乃‘君子之书’!”

《环球时报》2011 年 11 月 29 日，登载了李光耀先生《我一生的挑战——新加坡双语之路》的新书发布会的消息。我看到消息，便给周清海先生发电邮:“清海先生：在报纸上读到李光耀先生《我一生的挑战——新加坡双语之路》发布仪式28日举行，十分高兴。李先生掌握多种语言，对语言学习和语言的作用有独特的心得，对于语言与国家的关系的思考，在全世界政治家中是首屈一指的。我能够在这部书出版之前拜读受教，是十分幸运的。《全球华语大词典》的编纂筹备工作，在商务印书馆的积极努力下，已经有些眉目。这部大词典也是李光耀先生、李瑞环先生一直关心的。2011年，邢福义老师获得了国家社科基金‘全球华语语法研究’重大项目，不久就要在广州开会论证，听说您也参加。这两个项目都是先生您提议、推动的，是可以彪炳华人文化史册的事业。我和中国的朋友们都很赞佩。谨颂冬安！”

2015年3月22日，星期天。我怀着沉重的心情电邮给周先生:“清海先生：近日从新闻中得知李光耀先生病重住院，我们的心情十分沉重，时时关注他的病况，祈祷他能战胜疾病，早日康复！李光耀先生非常关心华语事业，为新加坡制定了符合国情的语言规划，保证了新加坡的内部团结和国家发展。他曾在总统府接待我们，同意担任《全球华语词典》的荣誉顾问，还出席在北京人民大会堂举行的词典出版发行仪式并讲话，提出了编写《全球华语大词典》的建议。他的《新加坡的双语之路》是世界语言规划史上的重要文献，他请中国的李瑞环先生为这部大著作序，我有幸参与此事，更感到中新两国领导人之间的深厚情谊。我希望通过周先生以合适的方式，表达我及《全球华语词典》《全球华语大词典》编者们对他的关心和敬意。李光耀先生是有坚强意志的强人，祈祷他能重新站立起来！”落款是“北京语言大学校务委员会主任、《全球华语词典》《全球华语大词典》主编　李宇明上。”

即日收到周清海先生的回信：“宇明兄：感谢发来祈祷李先生早日康复电邮，我已经转给总理李显龙先生。虽然我也默默为李先生祈福，但心里常怀着不舍的准备。我和他有将近40年的交情，被他称为‘老朋友’。因此这种不舍是割心的。李先生将新加坡建设成为今天的样子，这是何等的贡献！我已经写了《怀念和李资政相处的日子》一书，让新加坡人民多了解他。问候嫂夫人。清海。”

周清海先生当日下午2点，即把我的电邮转给了新加坡总理李显龙先生。李显龙总理马上（3点27分）回信给周先生，表达对中国朋友的谢意。然而，就在那天夜里，2015年3月23日凌晨3时，《全球华语词典》荣誉顾问李光耀先生病逝，享年91岁。

《全球华语词典》用了8年时间，《全球华语大词典》也用了近7年的时间，2016年出版。我在《全球华语大词典》最终审稿会上，感慨地说，为编写《全球华语大词典》，“能用之手段都用了，能用之心力都用了”。周清海先生对词典所秉持的“大华语”理念也十分赞同。他2016年11月27日给我来电邮说：“‘大华语’概念的提出，开了语言和谐的大门，对华语的推广，将发生巨大的作用。接下来应该考虑的是怎样带动'大华语'的研究。我初步认为应该将有关大华语的研究成果，编成丛书。马来西亚年轻学者邱克威计划出版自己的论文集。我通读了一遍，论文很有看法，水准不错，对马来西亚将来的华语研究必将起到推进的作用，也和我们提倡的大华语研究有关。我建议兄为这本书写序，同时考虑大华语研究丛书的可行性。奉上邱克威的书稿，请您过目。清海。"

我 28 日即回电邮给周先生："周先生：您的两个建议都异常之好。关于编选华语研究丛书事，的确应有所策划，有所推进。我近期会与陆俭明老师和周洪波、郭熙二位商议。关于为邱克威先生大著作序事，也是很有意义的事情，一是文章写得好，二是应当对华语研究表示支持，不知此书何时在何处出版，此事可以让邱克威先生直接联系我。谨颂冬安！"

2017 年 3 月 19 日，我写成《汉语是中国的，也是世界的——序邱克威〈马来西亚华语研究论集〉》。把序言发给周清海先生，听听他的意见。周先生回电邮："宇明兄：早。一、今早重读您的序言，感觉和昨天一样，亲切，有深度，有高度，而且表现了对年轻学者的欣赏与鼓励。马来西亚年轻学者非常需要提携与鼓励。您说'汉语是中国的，也是世界的'，并且提出'全球华语'的概念，都是非常有见地的看法。……如果从应用考虑，还可以有中医汉语、工程汉语等等，都需要研究发展。二、我经常鼓励年轻的学者关心中国，关心汉语。这就是我常常推荐他们的著作，请您写序。希望他们能和中国相关的友人建立关系，也让各地的朋友了解相关的学者。谢谢您一路的支持。我的时间，有一部分是放在这里。……保重！清海。”

2017 年 4 月 10—11 日，第九届“海峡两岸现代汉语学术问题探讨会”在澳门大学举办，距南开大学的“首届”会议已经持续12年了。周清海、陆俭明、李英哲三位先生都参加了这届会议。在会议的间隙，我们 4 人还专门讨论未来大华语的研究、组织、测试等问题。

2017 年 5 月 25 日，是我退出领导岗位的第一天，上午睡到自然醒，8 点半！下午 3 点，收到周清海先生的微信：“宇明兄：知道兄离开了行政工作，心里有说不出的感觉。行政虽然负担，但能做很多实际的事。兄需要为自己做些适合自己的安排。在这里，让我再一次为我们完成的工作向兄道谢，没有兄的支持，一切都是空谈。谢谢，保重。在爱登堡的清晨。”周先生在时时关心着我，我们已经是莫逆之交了。

2017 年 6 月 9 日，收到周清海先生电邮：“在我的倡议下，香港教育大学的《国际中文教育学报》终于创刊了。这是唯一一本以国际中文教育为题的学报。希望在‘大华语’教育方面，能有所突破。国际中文教育不是对外汉语教学所能涵盖的。我送上自己的文章，请兄指正。里头引了不少兄的关键性论述。保重。”

我读了周先生发来论文，回电邮：“清海先生：这篇论文又有新推进，提出来语文教学和评鉴等问题。如果说，过去的‘大华语'，重在解释华语现象，推进华语研究，那么，现在进入到教育与实用的领域了。如果说，前一阶段主要依靠学者，下一阶段就更需要政策制定者的参与，需要教师的参与，因此工作难度更大了。需要我们进行更多的努力！香港教育大学办《国际中文教育学报》，非常好。希望她能够成为大华语研究与教育的一个重要园地，联系各华语社区的学者、教师持久地办下去。若需要内地支持，请学报主事者给我们联系，定会支持！谨颂夏安！”

次日，周清海先生回信："宇明兄：感谢支持。您的分析完全正确。我们开个头，希望后边有人继承下去。如果华语工作者把推广大华语当作自己的责任，将迎来一个大团结、令人振奋的时代。清海。"

我回电邮："清海先生：大华语问题，牵涉到全世界华人的语言认同和华语兴旺，意义重大，值得大家花力气去做。"

此后，我与清海先生还常有信息交往，也常常见面，所谈话题总离不开大华语的研究、教育和人才培养。正是清海先生的倡议与身体力行，大华语的理念才传播开来，大华语的辞书编纂、语法研究及大华语的教育，才有今天的局面。清海先生就是"大华语"的一面旗帜。当然最重要的是先生的身体力行。《礼记·中庸》云："圣人以身体之，力行近乎仁。"

李宇明

2019年10月18日

序于北京聚贤聊斋

附录六

从“大华语”的角度谈语言融合、语文政治化与语文教学

1992 年 10 月之后，我们预测中国的稳健发展，将给世界，特别是小国新加坡，带来重大的影响。做为新加坡的学术人员，我们有责任给新加坡年轻的大学生做好准备。1994 年，南洋理工大学正式成立中华语言文化中心，开设了许多和现代中国以及中国文化、历史有关的选修课程，邀请了中国的学者来新加坡从事华语和普通话的对比研究，也颁发研究生奖学金给中国大学的毕业生，正式开始了和中国的学术交流。[1]

经过研究，我们对普通话和新加坡华语的差距，有了比较深入的了解，同时也进一步思考语言交流之后可能带来的语言融合问题。在这个思考下，我和中国友人——邢福义先生、陆俭明先生、李宇明先生等人，共同提出“大华语”的概念，也在李宇明先生的带领下，编纂出版了《全球华语词典》《全球华语大词典》，

1 周清海：《我和南洋理工大学中华语言文化中心》，《人生记忆——一个华文教学者的回忆》，世界科技出版社，2011 年。

并在邢福义先生的带领下，进行了全球华语语法研究。[1]

华语的国际化是必然的趋势。在中国或者其他华语区学习华语的人，二三十年之后，可能在不同的华语区生活，流动。东南亚和中印半岛更是将来的发展中心。为了面对将来的发展，我们现在的语言研究，语文教学，难免要考虑如何配合这个发展，如何调整我们所关注的重点等问题。这篇文章就在考虑这个发展的前提和设想下，讨论相关的三个问题：一、华人的迁移和语言的传播与融合；二、应该避免语言文字政治化；三、语文教育的调整。

一、华人的迁移和语言的传播与融合

新马的华人，十六世纪就生活在新马一带。他们大多数是从中国南方的省份移民到新马，很早就有华人移民和当地的土著女人通婚的少数例子。庄钦永先生所收集的马六甲、新加坡的华文碑文，在汶来氏墓碑（万历四十二年，公元 1614）下解释说："她是来自文莱的土著女人。她与其夫所生之子洪世，乃是马六甲早

1 李宇明：《"大华语"的一面旗帜——序周清海先生〈语言选择与语文教育〉》，《华文教学与研究》，2020 年 1 月。

期的峇峇。”[1] 这是庄先生所收集的马六甲 148 个华文墓碑里最早的一个，也是现在能看到的华人与异族通婚的唯一墓碑。

从十六世纪到二十世纪之间，移民东南亚的华人，大部分都是没受什么教育的农民。他们所说的南方方言里也没有读书音的文读，只有白读。“峇峇”的语言，是白读的闽南话和马来语的混合语言。“峇峇”只是华人移民中的少数，早期都集中在马六甲，他们保留了许多华人的习俗。

从二十世纪开始，才有比较多的华人知识分子从中国向东南亚移民。他们给广大的东南亚地区带去了国文。这些移民知识分子，在东南亚用国文办学、办报，国文也就成为了华语区的书面语。东南亚的华文和中国当时的语体文是高度一致的。

华语区对中国晚清时期推翻满清政府的活动，也是积极支持的。所以，孙中山先生说“华侨是革命之母”。后来国民政府推动的“国语”，华语区也是热情欢迎的。“国语”在华语区的推广，尤其是新马、印尼、菲律宾等地，是非常成功的。这些地区的华人，在教育语言上都主动地从南方方言转为“国语”。尽管大部分教师说的是带浓厚乡音的“国语”，准确度不高，而流利度却是非常高的。我中学时的华文老师，就是说着流利的海南话，而他自己以为说的是“国语”。广大华语区与中国的语言血脉相连，一直延续到现在。

1 庄钦永：《马六甲、新加坡华文碑文辑录》（民族学研究所资料汇编 12），中央研究院民族学研究所，1998 年。

1949 年以后到中国改革开放之前，华语区和中国失去了联系，很少交往。这一段时期，中国的现代汉语跟海外的华语也少有交流的机会。海外的整个大华语区是国语 / 国文的天下。这是汉语的分离时期。

改革开放之后，中国和华语区的交流越来越广泛、频繁，这就开始了汉语的大融合。融合的速度随着交流的频繁而加快，其中以词汇的相互吸收最为显著。目前，现代汉语吸收了相当数量的华语区的词汇，这些词汇，有一大部分是“国语”词汇的回流。随着交往的频繁，以及中国经济、传媒影响力的扩大，现代汉语的输入局面逐渐转为向华语输出。[1]

汉语的大融合是当前现代汉语和国语 / 华语的现状。在汉语大融合的特殊时代里，应该更注重各华语区之间交流中达意的准确性，让语言在交流中自然融合。因此我们应该了解彼此的语言差异，才能减少差异，更好地为汉语的和谐融合建立基础。这是我和中国朋友们这些年来一直在做的事情。我们编纂了《全球华语词典》《全球华语大词典》，进行了全球华语语法研究，目的就是希望了解华语区的语言，使融合更和谐。

现在谈论华语的应用和规范问题，就必须从国际的视角观察，不能只从中国国内或华语区的需要考虑。《现代汉语词典》

1　2011 年 11 月，我受华中师范大学校长的邀请，作为“世界杰出华人学者”，访问该大学。在对语言研究生演讲时，首次提出这些看法。全文见《汉语融合与华文教学》（华文教育研究系列丛书，华侨大学），社会科学文献出版社，2020 年。

是中国为了国内规范的需要而编辑的词典，并不能规范华语区的语言应用。比如文字上将“榴梿”改作“榴莲”，新马印尼都只用“榴梿”。用“熔”替代“镕”，但在人名里，中国和华语区都仍旧用“镕”。华语区在“钻石”之外更创造了“瑄石”。有些地区，不愿将锺 / 鐘都简化成“钟”，姓氏仍旧坚持用“锺”。这是华语的应用情况。

如果只从中国的立场，或者只从华语区的立场看待语言问题，就会出现许多似是而非的论断。《联合早报》2020 年 6 月 6 日的言论版上《新加坡采用“华语”还是“汉语”？》一文说：

> 试问，如果把‘峇峇’一词改为‘巴巴’。我相信无人会知道这是何物。为了规范而不许用‘峇’字的做法，从政治学的角度来看，是一种语文‘霸权’，也使丰富的中国文字贫瘠化。

这就是彻底误解了中国的规范。中国的规范是为了全国的需要，《现代汉语词典》说“峇厘，今作巴厘。”我们不必反对，也无权反对。新马印尼喜欢用“峇厘”，就用“峇厘”好了。这和语文“霸权”毫无关系。如果我们非要中国用“峇厘”，不能用“巴厘”，那才是真正的“语文霸权”。

至于“峇峇”一词，在中国没有实用的价值，不是现代汉语里的词汇，《现代汉语词典》当然可以不收的。如果为了参考的需要，《现代汉语词典》当然也可以收录。《全球华语（大）词典》就收了“峇峇”，解释说：“指14世纪中叶后，从中国移民到马来半岛和印度尼西亚等地的汉族男子跟当地马来族女子结婚所生的男性后代。他们已经不大会说华语而以讲英语或马来语为主，但仍保留华人的习俗。”《全球华语（大）词典》是站在全球华语的立场上而编纂的。[1]

语言出现变异是免不了的，因此在语言的应用与推广方面，规范是必须的。尤其是“大华语”，所包含的各华语区的变异情况，更为多样、更为复杂。各华语区可能都有自己不同的规范标准，很难统一。所以，谈论规范，既要注意交流的需要，也要尊重各华语区相对的自主性。从交流的需要说，华语必须保留共同的核心，才有利于华语的全球推广。各华语区，如何在交流的需要和自主之间保持平衡，是必须慎重考虑的。

为了配合语言和谐融合的需要，我和陆俭明先生、李宇明先生也先后提出“大华语”的概念。陆先生说：“建立并确认‘大华语’概念的好处是，首先有助于增强世界华人的凝聚力和认同感；其次更有助于推进世界范围的汉语教学。……一方面要提倡以普通话为规范标准，另一方面我们又不做硬性规定，不一定要求境外华语非要不折不扣地完全受中国普通话规范不可，也可以

1 周清海：《全球华语与全球华语大词典》，《汉语融合与华文教学》（华文教育研究系列丛书，华侨大学），社会科学文献出版社，2020年。

有一个容忍度。”[1] 李宇明先生也写了《大华语：全球华人的共同语》一文[2]。

二、应该避语言文字政治化

我们既看到世界各地的华语有共同的核心，也看到各地华语有自己的一些特点，因此只有把握“大华语”的概念，才有助于减少语言的矛盾，让语言和谐地融合。我们不能以自己的语言标准，去要求其他的华语区。这会造成不必要的语言矛盾。因此，我强调，华语有共同的核心，应该向普通话倾斜[3]。这个观点，在我们的语文教学里是应该这样贯彻的：教学从严，评鉴从宽。也就是教学上尽量靠拢现代汉语，而在语言评鉴和应用上尽量从宽，容忍差异。

在汉语相互融合的现阶段，语言的差异，仍旧存在，因此也常常被政治化。这是应该避免。把语言政治化，受伤害的是下一

1 陆俭明：《关于建立“大华语”概念的建议》，《汉语教学学刊》第一辑，北京大学出版社，2005 年。

2 李宇明：《大华语：全球华人的共同语》，《语言文字应用》，2017 年 1 月。

3 周清海：《论全球化环境下华语的规范问题》，《语言教学与研究》2007 年 4 月，第 91 页。

代，将给下一代造成无可弥补的损失。

在新加坡成长的我这一代人，就曾经受过语言政治化的伤害。在英国统治新加坡的时期，反殖民斗争在政治和教育上，也是反英文的，认为英文是殖民地政府的语言。新加坡华人发展华文教育，不重视英文的学习，是当时的普遍现象。我这一代的新加坡人，有超过一半是华文教育出身的，他们的英文大体上都不好，在社会上也就失去竞争的条件。新加坡独立后，才实现双语教育。1999 年，我对新加坡的双语教育做了这样的评价：我国的双语教育政策，不只解决了母语的政治问题，解决了我国成长时代就业不平等的社会问题，也将不同的、两极化的华英校学生，拉近了距离，而且在建国过程中，为母语提供了一个浮台，让母语保留了下来，更加普及化，并对我国的发展做出了贡献。虽然，我们母语的程度稍为降低了，但这样的牺牲也是无可奈何的事。[1]

我们经过了四五十年，才化解了语言政治化的危机，更使新加坡成为世界上少有的双语社会。在新加坡学习语言（华语 / 英语 / 马来西亚语 / 淡米尔语），就可以在社会上直接应用。新加坡所提供的语言应用的社会环境，是其他地区所不能企及的。在中国、台湾或者港澳，都没有办法制造应用双语的社会环境。社会应用双语，是新加坡的特色。这个特色，有无限的发展潜力。

---

1 吴元华：《务实的决策——人民行动党与政府的华文政策研究——序》，联邦出版社，1999 年。又见于《务实的决策——新加坡政府华语文政策研究》，当代世界出版社，2008 年。

台湾曾经将简体字称为“匪字”，有意将语言文字政治化。其他一些华语区，也有学台湾的，教育上只用繁体字，反对简体字。澳门有人强调“繁简由之”。中国大陆之外，新加坡是最早在教育上采用简体字的，马来西亚后来也跟随采用。我们政府的文告，用的是简体字，传媒也全用简体字。我们是从学生学习负担的角度考虑，认为简体字能减轻学生学习汉字的负担。新加坡建国以来，就不将语言文字政治化。

大部分的华语区，接受普通话、也接受国语和华语。在交流中，尽管可能偶尔出现一些达意上的小困难，但交流的障碍并不大。台湾有一个时期强调“河洛话”，在国际学术研讨会上，竟然用“河洛话”发言，用“河洛话”做学术总结，试图以“河洛话”取代国语。后来不得不放弃，因为“河洛话”只能让自己越来越孤立。将语言文字政治化，可能牺牲下一代。

香港是比较特殊的地区。粤语代表了香港人的身份。粤语在香港的特殊地位，是这四十几年造成的。

1967 年到 1969 年，我在香港生活了两年。那时我不会粤语，香港人总亲切地问我：“你是不是上海佬？”邵氏影片说的是国语，粤语影片当时是“广东残片”。[1]

从对国语的认同，转变为对粤语的认同，有意突出粤语在香港人身份认同中的作用。这是语言政治化的做法。香港语言文

1　友人邓思颖教授认为：五六十年代那些黑白粤语电影，称为“粤语长片”。因故事情节慢，追不上时代，因而谑称“粤语残片”。粤语“长”“残”读音相近。

字政治化的做法，大概发生在中国文化革命时期及之后，这是在政治上有意为之的——让香港人的语言身份和大陆不同。我希望香港的朋友，能研究这个课题。

二三十年后，华语的应用将是跨地区的，更国际化的，没有掌握好华语，香港人将面临语言交流的困难，也会失去不少的竞争优势。现在，人为的将粤语和普通话对立起来，让自己在交流中形成语言孤立。这个做法是不明智的。香港人将语言文字政治化的结果，将使下一代受到伤害。

面对华语跨地区的应用，香港如果要为将来出现的局面做好准备，语文教育就应该做一些调整。香港的朋友告诉我，现在的香港人，有一半能用普通话沟通。这是好的发展。对普通话不必要的敌视，只有让自己失去竞争的条件。

处理语言问题，应该避免政治化。我对新加坡的语言问题，说了这些话："新加坡为了让学生更好地学好母语（华语），我们限制方言在娱乐和传媒里的应用，同时推行讲华语运动，使华语成为学生的生活语言。在有华语口语作为生活语言的基础上学习华文，也就容易多了。我们更从语文政策的高度，强调与维持华语共同的语言核心——向普通话倾斜。在语文教学和大众传媒方面，特别注重这个核心，使我们的华语走得出去。我们同时也提倡交流，互相吸收，提倡建立'大华语'的概念。这些做法，对新加坡这个只有人力资源的小国，是必要的；对于汉语的发展，汉语走向世界，我想也是必须这样做的。”[1]

我强调“向普通话倾斜”，就是要让交流不会出现中断，让语言融合更和谐。在华语全球化的大背景下，将语言政治化，伤害的是下一代。华人有共同的语言，是一个财富，应该继续爱护和保留的财富。

三、语文教育的调整

不同的区域有不同的历史背景，有不同的需要；语言的应用，语法和词汇也有差异。如果不尊重各个区域的需要，就会带来很多的问题。

1949 年之后，中国出现了统一的口语。没有统一的口语，中国不可能实现今天的发展。口语的统一是中国语言规划最重要的成就。普通话能普及，靠的是全国人民高度的爱国热诚。中国广东人学普通话比较困难，但他们都愿意学，现在广东人说普通话也说得非常自然，非常流利。但在海外其他地区，可能做不到。

在华语区推广普通话，困难也比推广书面语大。我常常提醒在香港推行普通话的朋友：普及普通话比提高普通话的水准更重

1 周清海：《语言与语言教育的战略观察》，《中国语言战略》（教育部语信司——南京大学中国语言战略研究中心主办）2016 年 2 月特稿。

要。香港朋友说普通话说得不标准也无所谓，大家听惯了，对语言有感情了，再去提高，困难就不大了。中国的朋友不理解这点，香港的推普朋友也不能体味。他们在香港推广普通话就从提高开始、从标准开始，因此语言学习者所面对的困难非常大。[1]

内地在香港做事的朋友，如果能用不标准的粤语，说两句广东话，也能淡化语言的政治化。以前，我听到内地的朋友只会说"你好嘛？"现在也能说"有无搞错？""关你么嘢事？"这也是一个进步。

新加坡从来没有一种共同语言，但建国后，各民族之间需要有一种共同的语言——英语，便被提到日程上来。为了新加坡的发展，以及将来的需要，开国总理李光耀先生用了四五十年的时间学习华语。这是多大的付出！如果他没决心学好华语，不能用华语演讲，不能用华语与中国来访的客人交谈，相信我们双语教育的推行，不能这么成功。[2]

台湾说闽方言的人有多少？整个福建省说闽方言的人数远远超过台湾，整个东南亚地区的闽南人人数，也超过台湾，但我们都学习普通话。尽管我们不能说标准的普通话，我们说的是"华语"。东南亚的华语区并没有将普通话政治化。

---

1 周清海《多语环境里语言规划所思考的重点与面对的难题——兼谈香港可以借鉴些什么》，《普通话教育的发展和推广国际研讨会论文集》，香港大学教育学院普通话培训测试中心，2002 年。

2 李光耀：《一种共同语》，《李光耀回忆录 1965—2000》，新加坡联合早报，2000 年。

语言问题是最能动人感情的，但是处理语言问题需要更多的理智，是最不能动感情的。如果我们接受“大华语”的概念，中国的汉语教师到海外教学，不是教普通话，而是教“大华语”的北京版。如果是教“大华语”，那么教的人就不一定是从中国来的，也可以是当地的华人，也有可能是马来人/印尼人/菲律宾人/印度人等等。

教华语的不一定是中国人，应该作为华语国际化的一个重要标志。我们应该去当地培养人，让这些人在当地教学，让当地的人组编教材，这样他们就会觉得这是自己的责任，而不是外来的事务。

如果我们接受“大华语”的概念，那么就会出现一个特殊的时代：推广汉语/华语/中文，责任不全在中国。中国一定要和华语区充分协作，不能把华语当作对外汉语，只考虑向外派人。在“大华语”的观念下，应该鼓励华语区参与华语的教学与研究工作，充分调动华语区推广华语的积极性。

新加坡、马来西亚等地都有不少华语人才，如果马来西亚的学生到中国学习汉语，或在大学中文系读书，毕业以后由中国派到泰国去教汉语，恐怕比中国的教师更加了解泰国。

华语文课程与教材，也必须从整个华语区的需要着眼。今天“一带一路”提倡往外走，那么二三十年之后，中国往外派出的年轻人，对“一带一路”沿线国家应该有所了解。香港、台湾、新加坡、马来西亚等地有很多写得不错的文学作品，可以作为中国或其他华语区的语文教材，或者作为儿童读物，都能让中国的年轻一代了解华语区，也能促进华语区之间的相互了解，应该引导中国或华语区的年轻人走出去，愿意走出去。

中国现在的语文教材，都只注重自己国内的历史、文化、文学等等，这不能配合中国国家发展的需要。语文教材容纳华语区的作品，对华语区的写作人，是极大的鼓励。我们可以通过教材或读物，通过语文的学习，重建中国和华语区年轻华人的人际联系，让他们了解不同的华语区。文化上的认同，也应该充分体现在华语文的教材里，体现在教学中。

我们也应该有一个机构，有计划地收集与出版华语区的优秀教材、分级读物，并为华语区编写语文词典。汉语教材都在中国编写，在海外不一定适用。应该在当地领导、组织编写小组，为当地提供合适的教材。港珠澳大湾区的发展，应该将这个纳入发展的范围之一。香港的出版业在华语区，有很好的基础，今后在这方面也应该能发挥积极的作用。

2020 年 7 月 10 日定稿

参考文献：

1. 李宇明:《大华语：全球华人的共同语》,《语言文字应用》, 2017.1。

2. 李宇明:《"大华语"的一面旗帜——序周清海先生〈语言选择与语文教育〉》,《华文教学与研究》, 2020.1。

3. 陆俭明:《以国际视野、全球眼光思考华语与华语教学——序周清海先生〈语言选择与语文教育〉》,《华文教学与研究》, 2020.2。

4. 周清海:《论全球化环境下华语的规范问题》,《语言教学与研究》2007.4。

5. 周清海:《汉语融合时代的语言与语言教学研究》,《语言融合与华文教学》(华文教育研究系列丛书，华侨大学），社会科学文献出版社，2020。

6. 周清海:《语言与语言教育的战略观察》,《中国语言战略》(教育部语信司——南京大学中国语言战略研究中心主办)2016.2 特稿。

7. 周清海:《"大华语"的研究和发展趋势》,《汉语学报》2016.1。

8. 周清海:《"大华语"与语言研究》,《汉语学报》2017 第 2 期。

9. 周清海:《"大华语"与华文教学》,《国际中文教育学报》2017.1。

10. 周清海:《汉语里字词的关系》,《世界华文教学》2018 年第四辑。

11. 周清海:《我对汉语研究和汉语教学的一些看法》,《国际中文教育学报》2019.6。

附录七

访谈录——谈李资政的华文学习

2005 年 3 月 25 日，我接受世界科技出版社的钟宝玲、何惜薇的访谈，回答她们所提及的我和李资政一起学习华文的一些问题。这篇访谈曾收录在蔡志礼主编的《学语致用——李光耀华语学习心得》（八方文化创作室，2005 年）第 106—114 页。现将访谈全文抄录如下。

请问您是什么时候开始给资政上课的？

记得是 1975 年。这 30 年间，我曾两次休长假，由同事王永炳、云惟利、梁荣源、叶汉源代课。

从 1975 年到现在，有没有一些不一样的变化？比方说，20 世纪 70 年代比较针对哪些词汇，到了现在又是怎样？

20 世纪 70 年代时，资政已经掌握了不少词汇，但怎样将这些词汇串成句子，句子和句子之间怎么连接起来，他没有太大的把握。也就是说被动的语言能力——听，资政当时有比较好的基础，但主动的表达能力——说，就比较弱。资政的语音有很好的基础，他华语发音的准确性，在世界华人政治领袖当中是少见的。所以，早期我就特别注意句子的串接。换句话说，怎样用“虽然……但是”，怎样用“与其……不如”，怎样用“因为……再加上……所以”等等，让他说的句子不会断开了，就成为学习的重点。他有表达所需要的词汇，但话语没有完整地说出来，听的人需要替他把欠缺的部分补上，才能了解他的意思。……我开始为他上课的时候，他的缺点是词汇相当多，在流利度方面没有问题，可是句子的结构有问题。所以，我专门为他编这方面的教材，让他说话的语句，在结构上是健全的。

另一方面，资政当时自己也说，学习语言是“逆水行舟，不进则退”（当时他背了很多成语和谚语，了解其中的意思，也能引用。）我的另一项任务，就是既要帮助他巩固原有的基础，也要协助他“更上一层楼”。

那个年代是否也注意政治、经济方面的词汇？

当然。但是每个时期资政所关注的问题都不一样。例如，最近他很关心语言问题，大海啸发生后，他也很关注。我们的学习就会偏重在这些方面，以备他需要对这些问题发表演讲时有足够的词汇，可以自如地应用。……成人学习语言，要把所学的变成他长期的记忆，比较困难。因此必须让资政有机会复习。

现在他能够用华语谈语言、文化、政治、经济、风俗习惯等等问题，如果没有经常的复习，过一段时间，一些词汇就会慢慢地从积极的词汇转为消极的词汇，甚至在他的记忆中消失。在看到或听到时，会觉得似曾相识，但要用来表达，那就不容易了。资政出国访问回来后曾说，如果他到中国几个星期，他的华语就会流利起来，因为他有机会把记忆中消极的词汇叫活起来。所以，成人学习语言，给他奠定基础后，过一段时候，你要再回过头来，让他复习。……在他不需要发表演讲的时候，你要有计划地让他复习。你的教材要适当地给他复习以前的东西。如果你没有计划，就是在浪费他的时间。

所以，在编选教材时，你先要预测对方可能在3个月或半年内，对什么问题发表意见，用华语谈哪些问题。你的教材就必须有计划地环绕这些问题。如果你不了解时局的发展，就会让所学的和他所将要用的脱离关系。也就是说教的人必须有相当的政治敏感度，才能编写适当的教材。

有些人教得不好，原因就在这里：今天选一篇教育新闻报道，明天选一篇经济新闻，下一次是另外一篇。你给他的词汇是没有规划的，他是没有办法掌握的。……即使有一些基础，也学了就忘，没有办法成为深刻记忆的东西。等到要发表演讲的时候，糟了，他要的词汇没有学到，要匆匆忙忙地，花很大的精力去准备，负担就很重。

所以您在准备这些教材时，平均大概要花多少时间？

那很难说。大概你教一个半钟头的话，最少是3倍的时间。因为你是根据自己的初步感觉选教材，选定了以后，你还要去改写这篇文章，还要找出生词。哪些是生词，哪些不是，全靠经验，全靠我对他的了解。甚至哪个生词是他以前学过的，我估计他已经忘记了，便得选出来处理。所以，一个生词可能前后出现好几次。

这一次上完了，我根据他练习的情况，编写下一次的练习，选下一次的教材。我在选下一次的教材时，除了根据他这一次的情况外，同时也要预测一下他可能要谈些什么问题。如果他没有要谈的问题，那无所谓，以前学过的要不断地让他复习。

词汇是有领域的，语言程度高的人在所有的领域几乎都能应付。但如果专业性太强，语言程度好，也未必全能应付。你谈经济的问题，有些我也不大清楚，但基本上我听得懂。一个政治领袖学语言，不可能各个领域的词汇都掌握，他做不到。你要在不同的领域，让他建立他对这个领域的问题发表意见的信心，那你一定要有计划地包括这些方面的教材。

成人学语言，是不是一定要有一个老师专门一对一地教导？

效果会更好。因为他根据你的需要替你编教材。

有人说："我学了华文后，到餐馆去不能点菜。"如果你学华文是为了到餐馆点菜，那很简单。我所有的教材都是餐馆的菜名、跟招待的交谈，就可以了。所以，一个成人如果为了餐馆的礼仪、点菜来学华文，你得告诉你的老师。他可以在这方面训练你，那就行了。一个经理、CEO 等等，他到中国和别人打高尔夫球，打高尔夫球这部分的词汇他就得学，你就得教他。他到餐馆。餐馆里的餐具、礼节、菜名啦，你也要教他，不要随便选一篇给他读就行了。所以，不是会说这个语言的人，就能教这个语言。

在新加坡，一个成人想学华文，他要怎么找华文老师、选择课本呢？

根据学习者的需要，给他编教材，让他马上学、马上用。中国编了很多语言课本，感觉上没有一套适合新加坡用。这些课本是编给外国留学生用的，他们都生活在中国，因此对我们完全不合适。很多中国人或本地人教成人学华语，效果不好的原因就是：你教给我的东西不是我马上要用到的。教完以后我不能用，也不是我常听到的东西。如果语言教学里所学的，可以在不同场合得到加强，然后自己实际上又能够用所学的来表达自己的意见，那么学习者很容易就能把所学的语言内化，变成自己的东西。

也就是说，我找哪一个老师其实并不是最重要的，重要的是我要什么，然后我的老师可以帮助我什么！

对，因为一般老师他完全没有这个概念，他也不知道。结果东找一篇，甚至找一本课本，就以为是很好的东西，最终会有很多问题。

凭您30年教李资政学习华文的经验，您以为他的进步是怎样的呢？

他学习的不是写，主要是说和读。现在，他几乎可以用华语谈任何的课题。他听说的能力很高，阅读能力也很高。我就看着他进步。他不需要写。其实，成人学华文，写是很艰难的、很困难的。所以说，资政的消极词汇很丰富。

"消极词汇"是比较少用的词汇？

不，我现在听得懂人家在台上用英语发表论文，很多词汇我知道，我听得懂，可是要我用那些词汇发表那样的意见，我就说不出来。换句话说，我英文的消极词汇远远超过我的积极词汇。任何成年人学语言都是这样的；消极词汇一定超过他的积极词汇。所以，当听人家用华语谈话，其中有一两个词可能听不懂。但在语言环境里边，就用前后文、交谈的环境去推测那个词的词义，了解那个词的意义。时间久一点的话，你也能了解那个词的意义，可是你不一定会好好地用那个词。这个词汇都是你的消极词汇。也就是说没有完全掌握的词汇、完全内化的词汇，都是你的消极词汇。

那么多年来，教学上你们（李资政和您）并没有大的改变？

没有太大的改变，一直都是环绕他所关心的一些东西。换句话说，我们没有时间去兼顾文学。这是不可能的事，学了美丽的语言对他是一点用也没有的。

除了李资政之外，有没有教其他的人？

没有。我只教资政，其他的我都没有时间教。吴总理曾经找我，我只看了他的教材，提了一些意见，并且向他推荐了一个教育部的朋友。因为预备教材很花时间，你教一次，一个半钟头，你的选材跟你给他的复习，跟你找他要学的重点来选这篇文章，都是很花时间的。我没有办法分出更多的时间。

如果是他的华文演讲稿呢？您会参与意见吗？

会。这通常是到了文字定稿的时候，因为我要预备他演讲的嘛。

有没有出现过意见分歧的情况？这个部分会不会很难解决？

有啊，但是不会很难解决。我告诉他我的意见是这样，他能接受就加进去。他不能接受，也可以听到另一方面的意见。我们之间总是很坦率的。有一些我觉得这样说，我看起来很不舒服，他有时候也会把这一部分删掉，因为我就是一个最好的读者。我是受华文教育的，如果谈某些问题我都感觉到很不舒服，那么其他人也同样会有这种强烈的感觉。

人跟人之间的关系是很重要的。你要让学习者本身觉得愉快，你跟他相处很愉快，学习才比较自然。我知道他要什么，他也知道我要求什么，所以，我们相处得非常愉快。我协助他学华文，在学习过程中我有一定的要求，他也有要求。

附录八

母语认同转移，就是双语教育的失败[1]

这篇稿在2013年8月23日才公开以“英语可能成为新加坡人的母语吗?”为题，发表在《联合早报》上。这篇文章代表了我对新加坡双语教育的看法。现在附在下面。

大多数新加坡人都接受双语教育，语文问题不再是我国的社会问题。从这个角度来看，我们的双语政策是成功的。但是，就像在讨论处理国家意识与保留各族文化传统问题一样，我们得注意如何才能维持两种语文的和谐、平衡。过度的或不必要的偏激，都是不好的。

无论是在殖民地时期，或者在我们当家做主的这20多年里，英语一直是我们社会的“顶层语言”。英语“顶层语言”的地位并没有改变，而我国人民对它的态度却有了很大的变化。殖民地时期，英语是外来统治者的语言，它不是我们的语言，更不是我

1 对新加坡双语教育的发展和全面观察，我在1990年4月29日和刘蕙霞、卢绍昌、欧进福等人出席海南会馆主办的“双语教育面面观”座谈会时，曾做发言。

们的母语。建国之后，我们成功地让新加坡人接受英语作为各族交流的共同语言，行政上的语言，使国家现代化的语言。我们强调英语的学习重在实用，母语的学习重在文化的传递。

因为英语是“顶层语言”，几年来，更成为学校的教学媒介语，再加上人们对英语态度的转变，我们就面临一种忧虑：英语会不会逐渐被新加坡人认为是自己的母语？我们在讨论新加坡人的西化问题，其实，从语言的角度来看，西化问题的具体表现就在对语言的认同上面。

在学校教育里，英语是教学媒介语，英语学习的失败，也意味着其他科目学习的失败。教育当局与家长，重视英语的教学，是无可厚非的。但是，我们却不应该给人留下这样的印象：提高英语程度而降低母语程度是我们双语教育的趋势。今天的学生，只能用英语来讨论数理科学、英国文学、史地和经济等，这是可以理解的，因为英语是这些科目的教学媒介语。但是，如果学生不能用母语来进行日常社交和文化讨论，就是我们应该担忧的。

母语能力的过度低落，就会助长对英语的语言认同。如果到了我们年轻的一代，都认为英语是他们的母语时，那就是我们双语教育的失败。

从语文教育的观点来看，要让我们的学生有适当的母语程度，能利用母语来进行社交和文化的交谈，我们就不能让母语变成单一的教学科目。同时，我们也不应该让学生留下一个错误的印象，以为母语是无关紧要的科目。

再从语言应用方面来看，我们年轻的一代，因为华语词汇量不足，在应用华语时，力不从心，常常出现夹杂英语的现象。一些受过良好教育的双语人士，逐渐放弃华语，在大多数场合里选用英语。连问路这样的语言行为，如果对方是 20 岁左右，问路者也选用英语。

这是语言的应用趋势。如果我们没有办法做到让华人对华语和它所代表的文化具有认同感，觉得学华语讲华语是天公地道的，觉得掌握双语是光荣的，那么，年轻人出现语言认同转移的可能性是存在的。过去受华文教育者对方言的认同感转移到华语上面来，他们不觉得放弃方言是可惜的。如果我们的年轻一代对语言的认同感转移了，他们也会认为放弃华语是不可惜的。

我要强调的是，当我们谈及语文程度、语文学习负担时，我们也应该了解在双语的环境里，适当的母语程度是保持语文认同感所不可或缺的。

华语是我国华人社会的高层语言，同时也是一些华人社区的“顶层语言”。华语在经济上、科技上的实用价值，是可能改变的。这些改变，将使华语在我国更具有实用价值，也可能改变它的非教学媒介语的地位。我国的双语政策，要为我国国民提供应付这个改变的应变能力。只要我们随时注意调整执行双语教育政策时所出现的偏差，我们就有能力应付未来的变化。

附录九

设立中文学院正是时候

9月6日晚，在《联合早报》75周年报庆晚宴上，吴作栋总理在致辞里提及:“我们已经为多元种族、多元文化的社会发展出自己的一套独特的方式。……每一个社群……保留着它们本身独特的色彩和活力。所以英文作为新加坡的优势语文，并没有剥夺不同种族的新加坡人提倡发展本族语文与文化的空间。”

这是非常有意义的谈话。我们是在共同效忠国家的大前提下，让各族群有更大的空间保留自己的语言和文化。这样做对国家将来的发展是有利的。

我也非常感谢吴总理在中英文讲词里同时提到，在《联合早报》常看到的课题，包括“建议南洋理工大学设立中文学院”一事，这表示了我国最高领导人注意到各社群在发展自己的语言文化的需要。

设立中文学院是我提出来的。这个建议，是从南洋理工大学现有的中文教学基础上，以及从国家将来发展的需要着眼而提出的。我国华人社会不久将面临华文人才短缺的危机。我们需要华文教学人员，通晓华文的公务员、商务人员、翻译人员、华文新闻从业者、文化艺术工作者，以及通晓华文的从政者、外交人才等等，更何况我们必须有充分的准备，以应付亚洲经济发展的需要。

目前的一批中华语文和文化的中坚分子，都将逐年老化，且后继无人；如果我们社会没有办法，或不注意培养新一批中华语言与文化的中坚分子，没有决心要把华族文化一代一代流传下去，那是很可悲的。

失去了这些语言和文化上的因素，我们的国家，恐怕难以继续维持现有的活力，更难应付将来发展的需要。华文方面的外来人才，只能补充我们的需要，而负责领导工作的必须是我们自己培养的本地人才。

中文学院的设立，可以在更高的层次上，在更好的条件下，将华社的财力与人力集中起来，更好地、更全面地处理这些问题。

对我们决心的考验

我们花了不少的经费，做了不少的努力去吸引外来人才并且取得了成果。我相信在我们面对这个难题时，如果也用同样的力度和决心，也一定能取得成果。问题在于我们有没有决心，以更大的力度来培养中坚的华文人才。设立中文学院就是这个决心的考验。

我国的双语教育制度实行这么多年来，我们必须承认一个事实：不是每个人都能精通双语的。中文学院的设立不是只能培养精通双语的人才，也能更好地培养中文比英文强的人才。中文比英文强的人才，有了训练，也有出路，那么，对于华人保留自己的语言文化，也将起积极作用。

在对外的联系上，中文学院与外国的中文大学，可以更广泛地建立联系，让南洋理工大学的学生有更广泛的交流机会，就像我们和欧美国家的大学交流一样。在东南亚，中文学院也将提供除了中国大陆、台湾、香港之外，另一个研究中文的地方。这是和新加坡走向国际的路向相一致的。

毕业生前景良好

有人怀疑中文学院是否能招收到学生。以目前南洋理工大学学中文的人数为基础，我并不担忧学生人数的问题。国家有需要，学习又有前景，怎么会害怕没有学生？并且中文学院也能为华文老师解决进修学位的难题，为南洋理工大学的跨院系学习提供另一个选择。

如果华社决心保留自己的语言文化，如果我国要为将来的发展做好准备，我想，设立中文学院是必需的。

《联合早报·言论版》

1998 年 9 月 19 日

附录十
《海峡时报》专访

他是一个短刃与长剑齐舞的武士

很少人知道，24 年来，周清海副教授一直是李光耀资政的华文导师。在和高贞的访谈里，这位南洋理工大学的教育学者，谈论了许多语言教育的问题。

他完全没有学者的傲气，是一个具有深厚的华文传统的君子、学者。他温文尔雅，不摆架子，经常保持低调。

他每个星期天自己洗车子。他和妻子以及两个孩子住在海皇阁，另外一个孩子在澳大利亚深造。

只有当《联合早报》最近报道了关于华文检讨的消息时，他的邻居才知道他是“教授”。更少人知道，他给李资政上华文课已经 24 年了。这个消息是在他的博士生、资深报人吴元华的新书《务实的决策：人民行动党与政府的华文政策研究（1954—1965）》里透露的。

周教授今年 57 岁。他是教育圈子里为人所熟知的南洋理工大学中华语言文化中心主任和国立教育学院中文系主任。他参与了政府不同的华文教学检讨委员会，其中包括 1991—1992 年以副总理王鼎昌为主席的华文检讨委员会。

他出生于一个说福建话的普通家庭，家中有 8 个兄弟姐妹。他的父亲没有受教育，以贩卖冰块为生，但热爱中华传统习俗。

他骄傲地说："我是个纯粹的华校生"。周教授 1967 年毕业于南洋大学中文系，1970 年获得香港中文大学硕士学位，1983 年获得新加坡国立大学博士学位，研究的都是中文。但和同辈的华校生相比，他能将热爱中华文化和了解语言文化必须为国家的发展服务这两件事分别开来。他同意，这两件事有时是有冲突的——一个是讲感情的，一个是讲理智的。当涉及母语教育的问题时，许多和他同辈的人，都倾向于感情一边。

为什么他会与同辈的人不同呢？因为他的座右铭是"严于己而宽于人"。"'宽于人'就是同情地了解他人的观点，对事情客观而不保守。"

作为一个能从新加坡的角度看问题的华校生，他不认为自己是华文沙文主义者或者种族主义者。"我不认为今天还有很多激进的华文教育者。我更关心的倒是英文教育者里头的沙文主义者。我们应该将新加坡的整体利益放在前面。"他补充说。有人认为"现在有过分强调华文的趋势，这将损害英语作为中立的共同语言。"他表示不同意这种观点。面对中国的经济崛起，加强我们的华语文教育，难道不是实际的、合乎逻辑的做法吗？他曾和年轻的同事一起写了一篇文章，将精通双语的人比喻作“短刃与长剑齐舞的武士”“英文是长剑，让你在国际舞台上挥舞；中文是短刃，让你发掘中华传统文化。”“掌握双语，让你在东西方游刃有余。”

新的课程并不会降低母语程度

问：1月份由副总理李显龙宣布的华文CLB课程，曾引起不安。你认为CLB课程会导致华文程度的降低吗？

答：如果CLB在10年或者20年以前推出来，就可能导致华文程度的降低。在双语教育推行以前，英校是不教华文的。一部分家长是抗拒学习华文的。他们就可能以这个课程作为解脱的办法。但时代变了。现在大部分家长都接受华文是一种资产的看法。英文教育的家长所关心的是怎样协助孩子把华文学得更快更好。所以，我不担心CLB可能导致华文程度的降低。此外，CLB只有到了初中二，证明没办法学好华文的学生才能选修。

问：对于推出CLB课程，《海峡时报》的读者表示宽慰，而《联合早报》的读者认为这没有真正解决问题：华文学不好是态度的问题。这种不同的反映，你觉得意外吗？

答：考虑读者不同的语文背景，我认为这是意料中的事。《联合早报》的读者具有非常高的华文水平，自然希望华文保留在高的水平上。《海峡时报》的读者更关心学习华文的困难。华文课程要为不同语文背景的人群服务，就是一个挑战。最后，我们以 CLB 解决了这个问题。

问：在 CLB 课程方面，还有哪些问题需要面对？

答：我以为最近的改变已经解决了学校里该解决的问题。可是，在大环境方面，我们还需要做些努力。我刚结束了和香港城市大学合作的 5 年研究计划，我们研究了几个大城市的报章用语。我们发现，新加坡华文报章的用语远远落后于中国香港、中国台湾和中国大陆其他大城市。我以为，华文传媒在这方面可以扮演更好的角色。我特别关心新加坡中文电视台第八波道说的混杂式华语。如果以这种华语代表我们的华语水准，我觉得受辱。我们也应该给精通双语者适当的肯定与鼓励。现在的双语人才觉得双语不但没有给他们带来职业上的好处，反而是增加了他们在行政上的负担，也不能让他们有光荣感。在这些方面，我们还需要多做些事。

问：华文教师短缺是不是也给华文教学带来一些困难？

答：是的。在数量和质量上都面对困难。我们面对华文师资的短缺。年老一辈的华文教师，大部分像我一样是南洋大学毕业的，都接近退休年龄了。年轻的小学华文教师是我们教育制度下的产物，华文只是学校里的单一科目。他们掌握华文的能力和年老一辈从华文中学毕业的华文教师不能相比。我们要问自己，学校里的高级华文和华文特选课程能培养和提供我们所需要的华文教师和华文人才吗？解决问题的办法之一是提高高级华文和华文特选课程的程度。当然，还有其他的可能性值得探讨。

问：我们确实该做些什么？

答：现在并不是人人都愿意成为华文教师。我想我们需要面对这个问题。如果我们需要华文教师，我们就需要有适当的渠道并且提供机会去发展和培养他们。我知道我们将在工艺学院开设家政课程，为什么不能也开设华文课程呢？有许多学生具有华文倾向——那些在 O 水准考试里华文得 A 等级而英文只及格的学生，工艺学院的华文课程可以让他们发展他们的强项，毕业以后如果他们愿意，可以再参加华文师范文凭课程，受训成为华文教师。当然，我们也可以向马来西亚、中国大陆及中国台湾聘请华文教师。但我们需要一批了解、热爱新加坡的华文教师作为核心。

问：讲华语运动也有 20 年了，作为一个语言研究者，你认为这个运动成功吗？

答：在普及华语，消除英文教育者对华语的抗拒以及说华语的心理障碍方面是成功的。文化方面，10 年前才受到注意。

因此还有许多工作应该做。让英文教育者了解及欣赏华文文化，需要更多的时间。

问：华文知识分子（Chinese intellectuals）和华文精英（Chinese elite）是相同的吗?

答：我认为是相同的。传统的华文单语知识分子，像潘受那样，已经逐渐退出舞台。在“华文知识分子”和“华文精英”里的“华文”，表示了他们的华文程度。他们都是我们双语教育制度下的产物，只是除了掌握英文之外，他们对中华语言、艺术、文化等等也有深入的了解。他们之中，有一些将以华文为自己的专业；另外一些可能是专业人才，但能用华文进行专业的讨论与交流，而且能用华语和对方洽谈。也就是说，和中国交往的医生，需要了解中文的医科术语；律师需要能阅读中文的法律文件。

问：如何培养这样的人才?

答：脚踏实地地说，要培养专长于中国法律的律师，法学院就必须考虑提供用华文讲授的中国法律课程——用英文教授中国法律不是很奇怪的事吗?更广泛地说，我们需要将双语教育延伸到大学，为一部分学生提供这类课程。如果这样做还不能满足需要，我们可以再做一些事。比如，可以考虑在一些特选小学里提供一些加强华文的课程，不只是课外加强班，也可以是用华文教授一些科目，如数学等。

问：这样加强华文会不会损害新加坡多元种族的社会特质呢?

答：我认为这完全是不同的两件事。我们培养华文精英完全是实际的需要。如果我们是像澳大利亚、新西兰那样比较大的国家，每个人只懂一种语言是不成问题的。但新加坡太小了，我们的资产就是人。所以我们必须将多元种族变成我们的优势。比如，马来西亚和印度尼西亚发展了，我们就需要培养马来西亚语人才，这是实际的考虑。我们学了马来西亚语，在印度尼西亚工作，但我们效忠的是新加坡。如果南印度发展了，说泰米尔语的新加坡人就有更多的好处。新加坡应该协助他们在南印度发展。

问：作为南大毕业生，现在是南洋理工大学的学术人员，你怎样看待潘受将南洋理工大学改名为南洋大学的呼吁？这是不是一次解决南洋大学问题的很好时机？

答：对于传统的华文教育者，南大代表了语言和文化的根。这种感情是深深地埋在他们心里，不会消失的。因此，潘受的感受是完全可以理解的。从语言和文化的角度来看，潘受的感受也是南大毕业生的感受。我在南大经过了无数风风雨雨，我也真正欣赏南大自强不息的精神。但从国家发展的角度来看，在建国的过程中，南大的问题不幸和政治问题缠绕在一起。至于改名的问题，必须考虑几个因素。改名如果能将南大毕业生对南大的感情转移到南洋理工大学来，对南洋理工大学的发展当然有利。但是，我们也必须注意南洋理工大学校友的看法。这些问题，将由南洋理工大学校长和教育部去考虑。我更关心的是南大自强不息的精神。南大和新加坡大学合并后，那些没学好英文的华校生，就升学无门了，对他们这是非常辛苦的。但是，从长远来看，合并也将两种语文源流合流了。

怎样教英文教育者学习华文?

周清海副教授教导李资政华文已经 24 年了。他可以给受英文教育的成人学习华文哪些参考意见呢?

他不对怎样教李光耀先生华文发表评论，但指出教导成人学习语言和教导儿童是不同的。“你只能教他生活里直接要用到的。他没有必要像儿童学习语言那样，从最简单学起，如爸爸、妈妈，然后一步一步往前发展。”他不采用任何课本或者语言课程，而主张根据语言学习者的需要，为他编课程。周教授用华语说:“如果你教商业界的学习者，就应该集中在和商业有关的课题上。不要教那些他用不着的东西。”对于教导政治人物，他指出应该选择学习者当前所关心的课题。“如果他现在注意教育课题，你就要将教材集中在教育方面——从词汇，句子结构，阅读材料，到听说的教材。”你可以利用报纸材料改写或者自编教材。“通常 3 个月左右学习者在这方面建立了信心：他听得懂这方面的新闻广播，能阅读这方面的报章报道，他就能够在这个课题上发表演讲。”他说：学习语言的秘诀在于培养学习者的信心。“学习者掌握了不同课题，就能不断建立信心的基础。你可以不断地这样做，直到学习者完全掌握学习的语言。”他只教一名学生，但有一些学习失败的学习者找他去谈话。他们都觉得自己的付出和学习得到的不成比例。周教授问他们的第一个问题是：你的教师教些什么？他经常发现教材都用报章的文章。“利用报章的材料是可以的，但必须有个顺序：如果今天读的是交通意外，明天是国际新闻，这样学习者就很难跟上。”如果你自学华语，这也适用。“以社交为例，如参加晚宴，你必须掌握社交闲聊和基本的社交词汇。在你熟悉了以后再进入其他课题。”这里有太多的机会让学习者学习和应用华语，“因为新加坡是一个浸濡的大环境。”

《海峡时报》华文教育访谈

1999 年 3 月 28 日

附录十一
用华文，爱华文：他的人生目标

说英语的新加坡人并不熟悉他的名字。周清海教授在最近教育部的华文检讨里扮演重要的角色。本版 (Insight) 记者和南洋理工大学中华语言文化中心顾问，李光耀资政的华文导师周清海教授对话。

无论从哪方面观察，周清海教授都是十足的、坚定的华文支持者。南洋大学和香港中文大学的毕业生，他的学术专业从中国最早的文明——甲骨文，到华语文教学法。

他家里从不说英语。这位 63 岁的老教授坚持和他的女儿以及两个孩子只说华语。现在他的女儿 26 岁，儿子一个 28 岁，另一个 17 岁，都曾就读于特选学校，修读高级华文。“他们之间都用华语交谈。”他透露说，带着作为父亲的骄傲。

但是，对华文的热爱以及以说华语为骄傲，在新加坡已经都被削弱了——以前不是这样的。

很长的一段时候，周教授都坚信新加坡学校的华文程度太低，必须提高。这个态度温文的学者曾经在1991年当他作为华文检讨委员会的委员时，提议在华文里加入更多的文化成分，并提高华文课程的程度。

但是，1999年，另外一个华文检讨委员会却做了大扭转。根据回馈，这个委员会觉得华文课程太难，将华文课程调回到1991年以前的程度，同时在中学推出华文B（CLB）课程，让华文弱的学生选修。周教授并没有参与这次的改变。

在叙述这些改变时，他却意想不到地、令人吃惊地也改变了看法。当其他华文的坚决支持者对这个倒退感到愤怒时，他和另外一位同事吴英成却静静地向教育部提议：华文B（CLB）应该从小学开始。1999年的改革之后五年，这个提议被接受了。从2008年起，依据学生的家庭语言背景，小学一年级开始教导不同程度的单元。

这个建议，以及其他新的改革，是今年初教育部成立的委员会提出来的。这一次，周教授是检讨委员会的委员。检讨委员会的报告书这个星期二（2004年11月16日）公布。被形容为这10年来华文教学重要的改革，但并不受华社欢迎。华社人士认为，这是进一步整体地降低华文水准。

像周教授这样过去主张提升华文程度的人，为什么会做出完全相反的建议？有人可能这样责问。周教授做出这些建议的原因，其中一个是：没办法阻止的英语应用趋势。1988年小学一年级的学生只有20%家庭说英语，在10年内提升到40%。他告诉

Insight 副刊的记者：如果等到中学再让他们选修 CLB，华文弱的学生就要在小学挣扎 6 年，那么，他们对华文的厌恶感以后就无法改变，不如在他们开始学习华文的小学阶段，就对症下药（教导不同程度的单元）。

除此之外，另外一个原因可能是他和李光耀资政长期的关系。每个星期六在总统府一起学习华文的 30 年里，李资政的实用主义主张，改变了他的看法。周教授暗示，当他的孩子在初级学院时，他才真正感觉到语言学习的现实。

“当我的孩子在初级学院时，他们就没有时间和精力继续发展他们的华文。这个时候，我才完全接受李资政的看法：华文的程度不能太高。”“重要的是华文的程度必须是学生能力所能负担的。我们也必须将华文维持在适当的程度上，以备将来需要用到时，能够在这个程度上往前发展。”

他指出，这次的检讨建议，不只调整了对华文弱的学习者的要求；和过去不同，也包括让有华文天赋或者有华文背景的学生能够进一步发展他们华文能力的建议。

“我们从两端处理华文的教学问题，让我们的教育制度更灵活，课程更有适应性。”周教授说。

家庭是华语的最后一道防线。如果你不让孩子尽早学习华语，你就剥夺了他们学好华语的机会。

无论用怎样的策略，他还是真诚地坚持他的目标：为华文的生存奋斗，设法改变华文的形象。对于年轻的新加坡人把华文看成不成功人士的语言，周教授感到可悲。

华校生因为英文不好而被边缘化的痛苦，周教授最清楚。他出生在 1941 年 9 月 16 日，和李资政（1923 年 9 月 16 日）差了整整 18 岁。他在今天景万岸小巷和友诺士小巷之间的乡村长大。父亲是冰贩，家庭只说闽南话，有 8 个兄弟姐妹。和李资政一样，周教授也在浚源小学读书。但不同的是，李资政很快就转到直落古楼英校，而周教授却一直留在华文源流里。小学毕业后，他升入育英中学，那时正是反殖民统治的时代，英文被华校生当作殖民地政府的语言，学生都不愿意学习。1960 年进入南洋大学时，周教授清楚地知道，没有掌握英语，他唯一的出路就是教书。当问到为什么进入教育界时，他平淡地说：“和今天的孩子不同，没有掌握英语，不能成为医生、律师。很多华文教育者，包括我在内，都被边缘化了。”

1973 年，获得香港中文大学硕士学位之后，他自学英文。“那个时候，我不能用英语说出自己的电话号码。我必须先将号码写下来，然后一个一个念出来。”他笑笑地回忆说。

他开始收听英国广播电台的广播，也阅读牛津英文基础读本。跟着读英文报、英文小说。现在，听说和阅读英文，都没有问题，但书写仍旧感到困难（总觉得风格上不是道地的英文）。

“我开始得太晚了。”他说。这就是为什么他对说华语的家长放弃自己的母语，执意挣扎着和子女说英语感到懊恼。他发现中文的同事也是这样，更觉得震惊。

“我知道他们因为没掌握好英语而吃亏。但我相信，在现在的环境里，在我们现行的教育制度下，孩子在学校就一定能学好英语。家庭是华语的最后一道防线。如果你不让孩子尽早学习华语，你就剥夺了他们学好华语的机会。”他辩解说。

一切根源于华文的形象。当华文的形象改善了，这种心理就会消失——他这样推断。在这方面，政府扮演着重要的角色，比如肯定并承认双语能力，对掌握双语者给予奖励，（在中学或初级学院）开办双文化课程等等，就是很好的开始。但周教授觉得，政府还能做更多的事。

和其他华社的人士不同，周教授认为培养华文人才不只是为了解决华文教师和华文研究人员短缺的问题而已。“这就是问题的根源。如果你华文好，你只能教书或从事和华文有关的研究。”他说，“如果在重要的职位上，如有许多医生、律师、政治领袖能说流利的华语，也热爱华文，华文就有更广阔的发展前景。”

《海峡时报》访谈

2004 年 11 月 9 日

附录十二

周清海教授谈双语教育

新加坡九龙会是香港新移民的组织，《桥》是它的会刊。2000年，《桥》的编辑对我进行了一次采访，要我谈谈我国的双语教育。这篇访谈发表于《桥》第21期（2000年3月）。

访员：周教授，对新移民来说，语言是个比较敏感的问题。从九龙会的这次双语教育研讨会记录中，您可能也感觉得到，新移民在适应新语境的同时，难免会将过去的经验加以比较，或产生各种不适应，甚至疑问。请您谈谈新加坡双语教育产生的背景，现时的定位及未来的发展，让我们能更好地理解及把握这项政策。

周：语言的问题是个很动感情的问题。新加坡有76%的华人，当时制定语言政策时，为什么不把行政语言定为华语，而定为英语呢？

新加坡是个由移民建立的小岛国，多元种族、多元文化、多种语言。英殖民地时期，各种族通用的语言为英语和巫语（马来西亚语），华人社群则有华语及福建、广东等方言。建国后，在决定选择何种语言为行政语言时，除需要考虑新加坡的内部因素外，还需要避免被周边国家把新加坡看作第三中国。假如以华文作为行政用语，马来西亚人与印度人会感到不公平，而且华人中也有一批人不能掌握华文。还有，殖民地时代遗留下来的英文记录、行政档案、法律文件等，假如改用华文，将如何面对？

因此，当时在选择用哪种语文作为新加坡的行政用语时，首先必须选用的是一种中立的、可以被各种族认同接受的语言。

除此之外，当时也考虑到新加坡的环境及未来。新加坡没有天然资源，未来发展要走国际路线，需要靠语言与国际挂钩。

在上述四大因素，即中立的、各种族能够认同的、国际化与现代化的影响下，当时就决定以英语作为新加坡的行政用语。

当然这种选择也是要付出代价的。受华文教育出身的人面对这项语文决策，在就业、受教育及晋升各方面都受到挫折，对那些不能适应的人，这种转变是非常痛苦的，他们的牺牲也是巨大的，其中很多人甚至认为，为推行双语教育而牺牲母语教育程度是不可原谅的。这些都是历史遗留下来的问题。

访员：您在 1998 年 12 月应邀在香港教育学院、中文大学、香港大学所主办的国际研讨会上发表的演讲曾提到，相较于中国大陆、香港和台湾，新加坡华人社会已经出现华语言简单化的趋势，而且您认为，进入 21 世纪，这种势头更加显著。这一趋势是否与双语政策有关？

周：双语教育政策自建国以来就是新加坡的基本教育政策，这个教育政策始终没有改变。所争议的问题是两种语文的定位问题、母语的程度应定在哪里？

在新加坡，英语作为科技、金融、商业、行政、教育等领域或跨国公司的强势语言，在可见的将来，还不会受到挑战，因为，选择使用英语的社会条件并没有改变。华语要成为受过教育的人的语言，达到同英语同一水准，恐怕也不是近期能看到的事，华语更不可能成为新加坡各种族认同的语言。

从人的因素来看，新加坡实行了 30 多年双语教育，我们发现，不同的人同时学习两种语文，很多人只能掌握好一种，而另一种语文会比较弱，只有约 10% 的学生能使两种语文达到同一水准，再就是可分为，英文较强而华文稍弱，或相反，华文较强而英文较弱。

1997 年以前，新加坡试图实行平行的双语教育，即将母语教授的科目提高到 40%，但这种做法并没有达到预期的效果。根据新加坡研究调查局的调查，只有 13% 的新加坡学生掌握了双语，即他们既可以阅读英文报纸，也可以阅读华文报纸。现在，新加坡的双语教育，是以英语为主导语言的双语教育，新加坡人除学习共同的语言，即英语外，各种族同时也需保留自己的语言和文化。

在处理双语教学时，我们尽量做到根据学生的能力，让他们修读适合他们能力的母语，如果要求超乎学生的能力，将直接影响到他们升学。在双语环境里处理语文程度，必须非常谨慎。当然在双语教育被肯定的同时，我们也看到它的灵活性不够。譬如，是否可以培养一些各科不一定拔尖，英文可以应付，而华文拔尖的人才？母语好的这批人有没有出路？新加坡是否可培养华文或英文精英？这对语言本身及文化与本民族都会有益处。

至于华族语言简单化的趋势，我是指方言的消失。我这一代的华人，都掌握方言，但年轻的一代，能掌握方言的，就已经很少了。

访员：您的很多演讲及文章都反复提及并强调语文和文化的关系，您认为应怎样在新加坡的华文教学中把握这一关系？

周：新加坡人的母语不是英语，英语是应用性语言。但因语言所包含的文化层面，英语对新加坡人，尤其是年轻一代，在文化上的影响是很明显的。为了不让英语为主流的西方政治文化在新加坡继续扩大它的影响力，为避免使华人沦为一个丧失自身文化特性的民族，强调华文的文化价值就非常重要。

语文教学与文化不可分割，但怎样将语文教学与文化结合起来，很值得我们探讨。如中国是诗之国，诗歌的题材广泛，涉及生活的各个层面，对于维系和继承华人彼此间的文化认同，很有帮助。中学华文课本如果没有收录中国古典诗歌，未免不是损失。除诗歌外，文言文篇章、现代的典范作品，都可以考虑作为中学课文的核心内容。如果能以单元的方式将现代语言的训练和文化以及文言文阅读能力的训练有机地配合起来，在教学上会更有效果。

再譬如“爱情观”“生存与发展”“友谊”“文化”“艺术”“生命”“自然”等无数课题，都是学生所关心的。以这些课题为核心，以训练书写通顺的中文为重点，结合文化来设计中学的语文教材，更能配合学生的成熟程度和兴趣。

如果我们能找到大家共同关心的课题，共同认同的文化，而后环绕这些课题和文化，根据这些重点，设计和选取适当语文程度的教材，这样的课本，相信对保留和维系华人之间的认同，会有很大的好处。

访员：在资讯科技日新月异的21世纪，面对华文网际网络的迅速发展，中国香港、上海、台北等华人大都会的出现，新加坡会调整目前的双语教育模式吗？

周：华文网际网络的迅速发展，必将为华文网页、资讯与服务提供广大市场，新加坡要占一席之地，就必须提高华文程度。只有中英两种语言能力都能应用自如，才能凭借两种语言的优势，从中获取知识和寻找机会；再就是提升华语为华族的高层语言，将有助于保存及发扬华族文化。鉴于以上两个缘由，新加坡政府也鼓励开拓应用华文的新领域，充分利用迅速普及的华文网际网络，为华文的使用提供无限空间。

新加坡地处国际大环境，在大的框架改变下，新加坡一定要有务实的态度。进入21世纪，面对华人大都会的出现，新加坡的双语教育模式必将作出适当的调整。

访员：谢谢周教授，谢谢您精辟的讲解，使我们对新加坡双语政策有了较完整的了解。

后　记

我一辈子从事华文与华文教学的研究，虽然退休了，但仍然放不下华文和华文教学。和资政相处的 40 年里，除了一起学习华文之外，我们谈得最多的话题，就是新加坡的华文和华文教学问题。

资政无时无刻不关心新加坡的问题。华文是新加坡可贵的资产，他当然也关心。怎样在非常不利的社会环境下，保留华文，让它在我们需要的时候，能够在这个基础上往前发展？这是中国改革开放之前考虑新加坡华文教学的前提。许多措施，都是在这个前提下出台的：规定华文必须及格，才能进入本地的大学；减轻学习华文的负担；降低阅读报章的困难；积极向普通话靠拢；推行讲华语运动；等等，都是为了保留和普及华语文。

但在政策的制定和推行之间，难免出现一些偏差。比如广泛地用汉语拼音拼写新加坡人的名字，负责这项工作的文化部与教育部次长，对媒体交代得不清楚，引起了华社的误解，以为政府要放弃汉字。当天，我们上课时，我就反映了华社这个担忧。资政当时非常生气，就马上打电话给这位次长。

资政在采取任何措施之前，都征求各方面的意见。我在华文教学方面，也提了许多建议。我的任何建议，都是经过周详的考虑，在热爱华文之外，也充分将国家当前和未来的需要放在心上，从来不标新立异。我想，就因为我的慎重，资政在 2008 年教育部准备成立“华文教研中心”时，才会对时任教育部的高级政务部长说：“中心主任的人选问题，应该征求周清海的意见。”[1]

资政关心华文，但他没有研究华文和华文教学问题，因此在接受建议时，难免出现偏差。他接受我对《我一生的挑战——新加坡双语之路》一书的一些修改意见，就充分说明了这一点。

我特别写了“双语教育与双语并用教学法”一章，收在这本书里，一方面是想为新加坡的华文教学法留下一些史实，同时也想让时间去证明谁的看法是正确的。

在华文与华文教学方面，我成立了南洋理工大学中华语言文化中心，孔子学院；也发起编纂了《全球华语词典》。在词典出版之后，中国相关的单位接受了李资政的建议，跟着继续编纂《全球华语大词典》，华中师范大学也发起了“全球华语语法研究”[2]。这些工作，不只有益于新加坡华文的推广，有益于华语区之间的交流，而且开拓了新的研究领域，也影响了中国朋友对

1 周清海：《人生记忆——一个华文教学者的回忆》，第 139 页。

2 周清海：《人生记忆——一个华文教学者的回忆》，第 69—110 页。

语言规范的看法。目前，据我所知，《全球华语词典》发布之后，短短的两年内，以这部词典为研究对象而写成的硕士论文，就有两篇，一篇是北京语言大学的《马来西亚华语与普通话词语对比研究——基于〈全球华语词典〉的考察》，另一篇是北京大学的《马来西亚华语词语使用情况考察——兼析〈全球华语词典〉的微观结构》。

许嘉璐先生说："《全球华语词典》的编纂和出版，就是为了消除因变异而形成的障碍。有了这样一本词典在手，首先是中国大陆，中国港、澳、台地区，新、马等地的华语在词语方面的差异就不成其为障碍了……在华人交流畅通的基础上，一方面很有可能加快有些语词由异趋一的进度（有些则由一趋异），另一方面对各国学习华语者也是不小的帮助。起码，受它的启发，今后编写中华大词典一类的工具书时，会把中国港、澳、台地区，新、马等地的用语和语义都收进去并标以流行地区。这实际上是这部词典在为华语的进步、扩散、发展所做出的贡献。"[1]

邢福义教授对《湖北日报》的记者说："从 2009 年开始，新加坡……周清海教授多次发来邮件，希望将全球华语语法的研究提上日程。这一倡议反映了世界华人的寄托和期待。于是经过两年多的准备，组织起一支内外结合、协同攻关的国际性研究团队。……对全球华语语法进行全面考察，无论在国内还是国际上

1 《全球华语词典》序。

都是首次。这意味着汉语语法研究迈上了一个新起点，将从语言研究的角度，对中华文化的弘扬起到有力的推动作用。……”[1]

在词典和语法研究的基础上，中国的朋友更提出了“大华语”的概念。这个“大华语”，将直接影响华语全球的推广和研究工作。推广“华语”是所有华语区的责任。

我也发现中国在汉语新词汇研究方面，有不足的地方。王力先生认为中国的现代词汇是通过日本进入中国的，比如“议会”，就是从日本传入的，因为早期很多知识分子是留日的。他把这些词称为“来自西洋，路过日本”的词。[2]其实，现代汉语的新词有很多是传教士翻译的。传教士要把西方的地理知识、科学知识、政治知识、历史知识介绍到中国来，以期改变中国人以中国为世界中心的观念，不得不创造汉语新词。传教士的汉语翻译著作，有许多是在新加坡、马六甲印刷的，然后通过中国澳门进入内地。有一部分进入日本。我们对过去的了解不够，而误把很多新词的创造权归给了日本。我们对近现代汉语的研究，更应该有世界眼光。我们承认传教士对汉语新词的贡献，也是我们的大和谐。圆明园的废址应该铭记，而承认西方所做出的贡献，则表现了我们的大度。

我以前的博士生庄钦永先生在近现代汉语新词方面做了很多工作。相信庄先生的著作，能在汉语近现代汉语新词的研究方

1　见《湖北日报》，2011 年 10 月 24 日。

2　王力:《汉语史稿》，第 517 页。

面，带动新的方向。庄先生是土生土长的新加坡人。

我是新加坡纯华校出身的华文与华文教学从业人员，在特殊的时机里，能为华文的教学与研究做些力所能及的事，特别感到满足。能完成这些工作，靠的就是朋友的信任和支持，这些朋友包括陆俭明、邢福义、李英哲、董鹏程、李宇明、周洪波、汪惠迪、郭熙等。我常常抱着“无伐善，无施劳”（我做人的态度啊，就是不伐善——不夸耀自己的好，不总是把自己为别人做了什么挂在嘴上；不施劳——不把那些劳苦的事情推给别人去做。[1]）的态度和他们相处。

我所完成的事，没有他们的协助，是完成不了的。就让我以上面所引的《论语》里这两句话结束这篇后记，并向协助我的朋友们致谢。

2013 年 7 月 1 日

1 叶教授对于“施劳”的说法是可信的。这里就采用她的说法。见叶嘉莹：《中国古典诗歌的美感特质与吟诵》，大块文化出版股份有限公司，2013 年，第 17—18 页。